Christian Schulteisz

WENSE

Roman

BERENBERG

1

Karten sind Partituren der Landschaft, hat er mal geschrieben, zigmal hat er das geschrieben, in Briefen an Freunde und Feinde und Unbekannte. Auch auf Zeitungsschnipsel, die dann per Windpost auf Reise gingen. Einer davon flog um die Welt und kam ihm in Kassel, auf der Frankfurter Straße, wieder entgegen. Karten sind Partituren der Landschaft, der Satz macht ihn nicht nur stolz, er verfolgt und nötigt ihn auch: Mach Ernst, verwandle die Landschaft, die Kartographie in Musik!

Aber vom Komponieren muss er die Finger lassen, hat schon mehr als genug zu tun. Die Gedichte von Imru' al-Qais wollen fertig übertragen werden, genauso die Hymnen auf Ptah und die Weisheiten der Ewe und Sotho. Und wenn er bedenkt, wie viel noch in seinen Mappen schlummert, wie viel hier in nächster Nähe und Ferne entdeckt werden will, da läuft ihm das Wasser im Munde, im Hirne zusammen.

Heddy hat recht, er ist ein Vielfraß. Allerdings keiner dieser Wiederkäuer! Nichts ist schlimmer als so eine träge, dröge Kuh, die selbstzufrieden ihren Wissenseuter schwenkt und allenthalben einen korrekten Fladen fallen lässt.

Mit einem Knall flattern die Tauben auf.

Eine bleibt zuckend am Boden zurück, eine andere trudelt nach einem weiteren Knall gegen die Hauswand. Ein Rollstuhlfahrer kommt um die Ecke mit umgehängtem Gewehr, es pendelt am kurzen Riemen vor seiner Brust. Er fährt über die eine Taube drüber und auf die andere zu, die sich vor der Wand abquält. Erst sieht es so aus, als wollte er ihr den Gnadenschuss geben, doch dann stößt er mit dem Kolben des Gewehrs auf sie ein. Das Geräusch ist verblüffend leise, gedämpft. Die erste Taube liegt da, eklig und doch auch lustig verdreht, und streift mit einem Flügel übers Pflaster, kehrt ein wenig Staub.

Der Rollstuhlfahrer muss sich sehr strecken, um seine Beute aufzusammeln. Er schaut überrascht, als er Wense in der Seitengasse bemerkt.

»Ich will sie nicht essen, ich schieß sie nur ab.«

»Lassen Sie ein paar übrig.«

»Wozu? Die bringen Krankheiten!«

»Sie fliegen aus, wenn eine Katastrophe bevorsteht. Vor dem Erdrutsch in Lyon war es so und auch vor dem großen Beben von San Francisco. Die Luftratten verlassen das Schiff immer ein paar Tage bevor es sinkt.«

»Weise, weise. Aber ich sag Ihnen was.« Der Rollstuhlfahrer hält neben ihm und hebt den Zeigefinger. »Ich hab schon so viele von denen aufm Gewissen, die würden bleiben und sich opfern, nur damit ich draufgeh.«

Die kurze, heftige Lache lässt die Waffe auf seiner Brust hüpfen.

»Sind Sie Vertreter?«, fragt er mit Blick auf Wenses Aktentasche.

»Nur auf Besuch.«

»Dann alles Gute. Heil Hitler!«

Mit dem überstehenden Gewehrlauf wirkt er wie ein davonrollender Panzer.

Die ganzen Krüppel ignorierend eilt Wense durch die Lazarettstadt, durch die von Palmen gesäumten Straßen und Parks und schließlich am letzten Haus vorbei, wo ihm noch ein Hund hinterherbellt ins offene Tal. Das Gekläffe fliegt mit ihm auf den Schellberg zu, der dunkel aufragt, nebelverschleiert.

Mit Anlauf schlüpft er zwischen die Fichten, das ist sein Kosmos, er schwebt empor! Und was ein Empfang, als er oben rauskommt, zwischen den Ruinen der Schellburg spuken kleine Gestalten.

Eine Mädchenschulklasse. Sie kauern im ehemaligen Verlies, die Lehrerin als Folterknecht erklärt: »Schell bedeutet Scala, also Stufen.«

»Unsinn«, ruft Wense. »Schreit mal ganz laut Hallo!«

Die Mädchen tun es, und aus der Schlucht schallt ein sechsfaches Echo.

»Na bitte, bewiesen!«

Er weicht der Lehrerin aus und begutachtet die Mauerreste.

Möglich, dass es schon eine Ruine vor der Ruine gab, dass der Sohn des Sachsenkönigs schon dreihundert Jahre vor dem Mainzer Erzbischof hier eine Burg hat errichten lassen.

Nur fehlt der Beweis.

Er reibt feuchten Sand zwischen seinen Fingern: Sachsenkrümel? Wenn mans doch schmecken könnte! Mit archäologischer Zunge am Gemäuer entlang wie an einem alten Gebiss, mit der Spitze suchend in den Lücken, ob zwischen den christlichen Zähnen nicht doch irgendwo ein süßer heidnischer Krümel steckt.

Er denkt an sein Butterbrot, aber dafür ist es noch viel zu früh.

Schnaubend beißt er in den Griff der Aktentasche, zieht seine Kappe tief ins Gesicht und taucht unter im grüngelben Laub, hangelt sich von Baum zu Baum, durch rauschende Buchen steil hinab, in die Senke, den Kessel, den Trichter, das Loch und bis über den Rand hinaus ins Freie.

Da stehen Leute.

Ein Arbeitskommando aus rund zehn jungen Kerlen, sie grinsen ihn an. Er nimmt die Tasche aus dem Mund und klopft sich den Mantel ab. Ihre beiden Wachmänner beäugen ihn, wollen die ihn etwa kontrollieren?

Er holt sein Notizheft heraus, als wäre er der Kontrolleur. »Ist dort Aerzen? – Ob dort Aerzen sei, habe ich gefragt!«

»Ja«, antworten sie brav.

Er dankt und folgt dem Feldweg ins Dorf.

Hier fließt der Griesebach, da fließt die Humme und da verläuft die Reichsstraße von der Maas bis an die Memel. Hier der Metzger Horte, da der Perückenmeister Krause, schön und gut, nur interessiert ihn das? Nein. Er denkt an die Maulwurfsjäger, die einst durch diesen Flecken zogen. Und dann kommt, was immer kommt, wenn er reist: der Moment, in dem er sich selbst unheimlich wird. Er geht durch einen fremden Ort und weiß – alles. Aber auch alles! Die ersten Urkunden, die Flurnamen, die Wüstungen, die Häusergeschichten ... Und hier ist die Domänenburg, die wiedererbaute, für die Stacius von Münchhausen der

Schädel eingeschlagen wurde. Jetzt dient sie als Gefangenenlager. Die meisten arbeiten wohl in der Maschinenfabrik. Ein Hannoveraner Bänker, ein Jude, hat sie 1864 gegründet. Damals war Aerzen noch Synagogengemeinde, nun gibt es nicht mal mehr den jüdischen Friedhof, und so wird alles Teil des Sagenschatzes: unter den Füßen, im Straßenpflaster, die zerhauenen Grabsteine und dort drüben, hinterm Ahornberg, die alten Grenzsteine, die Fürst und König nach langem Streit mithilfe eines Esels setzen ließen. Immer dort, wo er zum Grasen stehen blieb, kam ein Stein zwischen Lippe und Hannover. Grenzziehung als Eselei!

Er macht sich eine Notiz und überquert die Humme, bricht ein ins Gehölz, drängt hoch bis auf die verwunschene Lichtung, wo die Geister mit goldenen Kugeln kegeln. Sie glauben, er wolle sie bestehlen, und werfen ihn über ihre Bahn, talwärts nach Schwöbber, vors Wasserschloss der Münchhausens.

Rollwerk-, Kugeldekor, er sieht doppelt und dreifach, zwei dreiachsige Erker, drei dreigeschossige Flügel, zwei achtseitige, viergeschossige Treppentürme mit geschweiften Helmen – das Wasserschloss schwappt über!

Dreihundert Jahre lang war es das Meisterstück der Weserrenaissance, vollendet vom Stiefvater einer seiner Urahninnen, und wer hats versaut? Ein eklektizistischer Schweinezüchter in den 20ern! Hat das Relief des Jüngsten Gerichts vom Portal gerissen und dieses abgeschmackte Prinzengärtchen in den Hof gesetzt, wie hingespuckt vor die Füße von Otto von Münchhausen, der nach Westen den ersten Englischen Garten des europäischen Festlands geschaffen hat.

Gurkenmagnolien, Ajanfichten, Nikkotannen, Riesenthujen!

Sie waren noch klein, als Zar Peter zur Besichtigung kam.

Wense durchstreift und verlässt den Garten, sucht weiter nördlich nach dem Sophienhof, der ihm aus einem zoologischen Aufsatz bekannt ist. Darin heißt es, dass sich beidseits der Humme, bis hinter Groß-Berkel, das Revier der weißen Maulwürfe erstrecke.

Er schaut zu Boden, in jeden Erdhügel.

Vor hundert Jahren wäre er vielleicht noch Zoologe geworden, und vor dreißig Mineraloge, hätte ihn die Musik nicht so begeistert. Und wären nicht die uralten Sprachen und Mythen, hätte er längst die neue Disziplin der Geoästhetik begründet! Doch wie soll er je was fertigkriegen, wenn seine Lieblingsbibliotheken einfach weggebombt, die wichtigsten Bestände einfach weggeschlossen werden? »Wilderer!«

Keine zehn Schritte entfernt stehen zwei runzlige Alte in schwarzen Mänteln. »Scheren Sie sich fort«, ruft die Dame. »Dies ist privater Grund!« Sie erinnert ihn an seine immer schwarz gekleideten, immerstrengen Tanten, bei denen er aufwuchs, und er will sofort gehorchen.

»Oh, bitte verzeihen Sie, Hans Jürgen von der Wense mein Name.« Schnell spricht er von genealogischen Forschungen und von seinen Verbindungen in die Familie derer von Münchhausen. »Ich fragte mich, was aus dem Jungfernsitz geworden sei, und muss vom Weg abgekommen sein.«

Ihre Runzeln lockern sich. »Ach, der Park ist in einem so beschämenden Zustand. Sie befinden sich auf dem richtigen Weg, Herr von der Wense, aber leider verkommt alles, seit wir den Hof verpachten mussten. Wir leben hier nur noch geduldet, als Nutznießer, es ist eine Schande.«

Ihr Mann, der dem Jenseits bisher näher schien als allem anderen, legt zittrig seine Hand auf ihre Schulter. Sie berührt seine Finger.

»Dies ist mein Bruder, Staats von Wacquant-Geozelles. Ich bin Anne von Münchhausen.«

Wense verneigt sich.

»Sie kommen gerade noch rechtzeitig. Dürften die beiden letzten Jungfern Sie zum Tee laden?«

Die junge Frau, die ihnen öffnet, guckt erschrocken, ist überfordert, weiß nicht, wem sie zuerst aus dem Mantel helfen soll.

»Unsere Magd wurde uns genommen, und sie hier kann noch kaum Deutsch.«

Anne von Münchhausen entschuldigt sich und bittet Wense, ihrem Bruder zu folgen, der bereits durchs Foyer schlurft, ohne auf irgendwen zu warten. Er trägt einen mauvefarbenen Gehrock mit weiten Schößen. Je näher Wense kommt, desto verschlissener wirken sie.

Im Salon Kristallleuchter, Brokattapeten, fein intarsiertes Mobiliar, winzig dazwischen das mauvefarbige Männlein auf dem weiten Weg zur Sitzgarnitur.

Muss man ihm hochhelfen?

Er schafft es allein.

Und erschlafft auf dem achtbeinigen Diwan zu einer leblosen Puppe.

Über ihm an der Wand ein Geweih mit merkwürdig ineinander verschlungenen Zapfen.

Wense wartet nicht länger auf eine Aufforderung und nimmt im Lehnstuhl Platz.

»Weiße Maulwürfe. Ich kann an nichts anderes denken, seit ich hier bin. Ihr Aufsatz ist mir noch so präsent, ein vorzüglicher Text, persönlich und sachlich zugleich.«

Staats von Wacquant-Geozelles hat sich aufgerichtet. »Sind Sie Zoologe?«

»Nur ein begeisterungsfähiger Mensch. Bereits durch den etymologischen Exkurs zu Anfang hatten Sie mich gewonnen: ein Maulwurfsforscher in Multhöpen!«

Und schon ist das Eis gebrochen und sie lachen und sprechen von Multhucken, von Mul und Mol, Müll und Möll, Mülm und Mulm.

»Wussten Sie, dass der Feuersalamander beim Volke auch als Mulle bekannt ist?«

»Seit Ihrem Aufsatz weiß ich es!«

»Wo haben Sie ihn gelesen?«

»In Kassel auf der Bibliothek. Sie schrieben ihn hier, nicht wahr?«

»Es war einer meiner ersten.«

»Haben Sie die Maulwurfsjagd selbst miterlebt?«

»Als Kind freilich, aber in kleinem Stil, der Pfotenrausch war längst vorbei. Davon weiß ich nur aus Berichten.«

»Entlohnt wurde also pro Pfote.«

»Selbstverständlich. Sie kamen mit tausend Ruten und Schlingen und stellten ihre Fallen an jedem noch so kleinen Hügelchen auf. Bald baumelten die Tiere überall. Allein auf den Ländereien der Domäne waren es laut meinem Vater Hunderte, und darunter immer auch zwei bis acht Albinos. So verdanken wir diesen Massenhängungen zumindest einige valide Zahlen. Wie war noch Ihr Name?«

»Wense.«

Anne von Münchhausen setzt sich hinzu, sichtlich entzückt von der Redseligkeit ihres Bruders.

»Sagen Sie, Herr Mense, haben Sie denn schon jemals einen reinweißen Maulwurf vor Augen gehabt?«

»Mein Dackel brachte mal einen.«

»Ja«, sagt er lächelnd. »Mein Mops fing jährlich mindestens zwanzig.«

»Weiße?«

»Nein! Doch deren Vorkommen ist in dieser Gegend schon äußerst erstaunlich. Für die Bewohner sind sie gar nichts Ungewöhnliches mehr. Wenn einmal ein solches Tier gefunden wird, beim Mähen oder Heumachen oder eben durch einen passionierten Fixköter, macht niemand großes Aufsehen darum. Andernorts werden sie mitgenommen und als Wunder bestaunt bis zur totalen Verwesung oder Mumifizierung. Hier sagt man nur: Ach, einer von dieser Art! Und lässt ihn liegen.«

Die Magd kommt mit der Kanne, wartet auf eine Gelegenheit, wirkt immer verzweifelter. Anne von Münchhausen gibt ihr einen Wink und noch einen.

Endlich stellt sie ab und sich selbst an die Wand.

»Als sich herumgesprochen hatte, dass ich die Albinos erforsche, wurden mir aus allen Himmelsrichtungen welche zugetragen.«

»Das war furchtbar«, sagt sie. »Die gammeligen Kadaver vom Prinzen Löwenstein-Wertheim!«

»Sie waren aufgedunsen«, präzisiert er. »Aus den Moorwiesen bei Selxen. Die meisten werden eben dort, im Rahl-Bruch, entdeckt. Meine Mutter, zu deren elterlicher Besitzung Rahl-

Bruch gehörte, erzählte, dass der Maulwurfsfänger jährlich fünf bis acht reinweiße unter seinen Opfern hatte und sie im Schlosse vorzeigte. Zu meines Vaters Beobachtungszeit, also vor 1820, war die Liere die bekannteste Fundstelle.«

Er berichtet noch von den Kirchturmeulen, in deren Gewöllen er Reste von weißen Maulwürfen gefunden habe, und kommt darüber zum Albinismus in der Aerzener Vogelwelt, schwärmt von isabellfarbenen Haubenlerchen mit roten Beinen.

»Über Jahre hatten es alle Jäger auf einen weißen Bussard abgesehen. Er konnte sich lange entziehen, endete aber im Gasthof als Schauergestell, ausgestopft von irgendeiner unkundigen Hand, die selbst zum Füllen eines Bratens zu grob gewesen wäre.«

Wense schenkt sich nach, froh, dass niemand darauf achtet, wie gierig er trinkt.

»Das Außergewöhnliche wird stets mit Vorliebe bejagt, ich als Forscher und Sammler nehme mich von dieser Untugend nicht aus, treffe meine Wahl doch aber zumindest nach dem wissenschaftlichen Nutzen. Andere schießen aus frevelhafter Distanz nach einem weißen Rebhuhn, nur um dann mit den zwei verbleibenden Federn zu prahlen.«

Er spricht von Schönheit und Achtung und spannt den Bogen vom weißen Kaninchen, dem angeblichen Liebling der Dorfkinder, hin zum heiligen weißen Elefanten von Siam und dann zu einer Aerzenerin mit prachtvollen Kornblumenaugen.

»Das war unsere Magd«, sagt Anne von Münchhausen. »Alle nannten sie Schneewittchen.«

»Genaugenommen kein Vollalbino«, sagt er. »Sie soll uns bitte meinen Feuersalamander bringen.«

»Sie ist doch gar nicht mehr hier, Staats. Und der Feuersalamander im Übrigen auch nicht.«

»Er hatte fünf Beine«, sagt er.

Und plötzlich ist das Gespräch vorbei, die Kanne leer.

Zum Abschied will er Wense noch sein Buch *Die Hüttenjagd* schenken.

Sofortige Angststarre der jungen Frau, als sie aufgefordert wird, es zu holen.

»Nicht nötig, ich besitze bereits ein Exemplar.«

Sie begreift, was er gesagt hat, und schaut ihn dankbar an.

Dabei ist es einfach nur die Wahrheit.

Gegen den Wind mit flatterndem Mantel, raus aus Multhöpen und ins Gebirge, durch klamme Gänge und Spalten, vorbei an Kohlenmeilern, an Schmelzhütten, Waldweiden – alles nicht mehr vorhanden, aber gerade deshalb gegenwärtig.

Am gegenwärtigsten ist das Kanonenrohr auf der Kuppe.

Ein Flakgeschütz.

Er dreht sofort ab und flüchtet.

Nach einigen Schlenkern landet er in einem verwilderten Steinbruch, direkt vorm Wandgemälde der Germanischen Trias. Seine Finger streifen über die aufgekratzten Farben, die freigelegten Schichten der Jahrmillionen. Was interessiert ihn der Schmuck der Weserrenaissance? Hier sieht er die Juwelen des Sandsteins glimmern, Turmaline, Zirkone, silbrige Muskoviten!

Unten jedoch, am tiefsten Punkt der Grube, hat sich ein Tümpel gebildet, kraus umwuchert, mückenumschwirrt, der Schambereich des Steinbruchs.

Er wünschte, er hätte seinen Fotoapparat dabei.

Er verzeichnet den Ort in seiner Karte und steigt weiter auf, bald auch wieder ab, rutscht im Laub von den Hängen, auf den Hintern und bleibt kurz sitzen.

Nur um zu sitzen.

Oder um etwas zu notieren.

Oder um seinem forteilenden Geist hinterherzusehen.

So viele stolze und wehrhafte mittelalterliche Burgen wurden in der frühen Neuzeit von reichen Bürgern befallen und zu harmlosen Lustschlösschen mit Lustgärtchen und idyllischen Wassergräblein gemacht. Zum Glück konnte die Natur ein paar übersehene oder unbeliebte Exemplare retten, indem sie klammheimlich ihre Hand um sie schloss. Allerdings versteht die sogenannte Natur rein gar nichts von Instandhaltung. Die Tiere ziehen ein und verrichten ihre Notdurft, wo es ihnen beliebt, obwohl im späten Mittelalter doch endlich Aborte eingebaut wurden. Moose und Flechten keimen und inkrustieren sich, Pilzsporen landen und sprießen in den kleinsten Ritzen und Fugen. Das Nichtmenschliche breitet sich bis in den letzten Winkel aus, steckt überall seine Schnauze, seine Fühler, seine Wurzeln hinein, als suchte es irgendwas Bestimmtes. Es findet aber nichts. In den Geheimgängen legt sich der Staub nieder wie totes Plankton am Meeresgrund.

Vor seinen Füßen rennt ein Igel aus dem besprenkelten Busch. Eigentlich kein Busch, sondern ein Baum, der immer wieder geschlagen und zugerichtet wurde, bis er diese geduckte, gedrungene Form angenommen hat, eine durchaus harmonische, schöne Form.

Na ja.

Er knöpft seine Hose zu und schwingt sich auf den Fuchsberg, zur alten Grenze, und dann an ihr entlang nach Südosten, Grenzstein für Grenzstein, und wie ein Erdrutsch auf die Passstraße.

Ein Auto weicht ihm aus, poltert in die Nadeln.

Er geht weiter.

An der Stundensäule vorbei und den Gastnacken hoch und schließlich auf den Papenberg, den angeblichen. Die neuen Karten sind falsch, der richtige Papenberg steht dort drüben!

Voller Wohlwollen schaut er zu ihm, er gibt sich wirklich Mühe.

Nix zu machen.

Zu offen, zu harmonisch, selbst die fernen Regenschleier ohne Geheimnis. Er will nicht mal mehr bis an den Rand seines Messtischblatts wandern.

Also lässt ers bleiben und kehrt zurück in die Stadt, zum Bahnhof, schmeißt das Geld hin, schnappt sich den Fahrschein, springt in den stehenden Zug.

Aber was ist das denn?

Ein vollgestopfter, stinkender Schlafwaggon, Männer stöhnend in den Betten, je drei übereinander, sogar Soldaten auf dem Boden, einer mit blutigem Kopfverband, ein anderer völlig mumifiziert, jemand zieht ihm am Mantel: »Herr Doktor ...«

Er ist in einem Lazarettzug gelandet.

»Doktor, bitte ...«

»Platz da!«, schreit ein Sanitäter.

Wense stolpert hinaus.

Und wo fährt nun sein Zug? Fährt er überhaupt noch?

»Wenn ausgeladen wurde«, sagt ihm eine Alte.

Er setzt sich zu ihr auf die Bank und stemmt wie sie die Ellenbogen auf die Knie.

Die Verletzten werden auf Bahren vorbeigetragen, in Rollstühlen geschoben, Huckepack genommen, manche können allein gehen oder humpeln.

»Die Toten kommen zuletzt«, sagt sie.

Er nickt und zählt die Waggons, fünfzehn insgesamt, zwei Fenster zersplittert, wie konnte er das übersehen?

»Sind Sie schon fertig kuriert?«

Er weiß erst nicht, was sie meint. »Nein, nur auf Besuch.«

»Auf Besuch?«

»Ja.«

Sie mustert ihn mit hochgezogenen Augenbrauen.

»Vielleicht warn Sie in dem Zug doch ganz richtig.«

In Karlshafen raus, mit vorgestreckter Aktentasche, zwei Damen hüpfen beiseite, als wärs ein Messer.

Es riecht modrig, viele Kellerfenster stehen offen, untenrum ist das Städtchen noch feucht von der Überschwemmung im Mai. Die Bombardierung der Talsperre hat allerdings auch was Gutes gebracht: Das historische Hafenbecken ist endlich wieder voll.

Wense lupft seine Kappe im Vorübergehen.

Vor elf Jahren ist er hier nur zufällig vorbeigekommen, zufällig zu weit gefahren, aus Langeweile herumgeschlendert, dann aber vom Schicksal im Nacken gepackt und draufgestoßen worden: Dieser trockengelegte, vergraste Hafen, diese Bauwerke in dieser Landschaft – merkst du was?

Du weißt nichts.

Keine Ahnung von Vorgeschichte, Geologie, Heimatkunde. Messtischblatt? Ein Fremdwort. Auch was eine Wüstung ist, musste er erst mal nachschlagen.

Jetzt schickt er sein Wissen als Spürhund voraus und sein Wissen zerrt ihn hinter sich her. Auf die Hochebene. Zur Burg von Segestes, der vermutlichen. Tausendneunhundertvierzig Jahre weit muss er zurückwandern, wenn er sie erreichen will. Und die Sonne steht schon tief überm Reinhardswald. Mit jedem Höhenmeter wird es dunkler. Mit jedem Höhenmeter sinkt die Wahrscheinlichkeit.

Der Horizont ist nicht immer eine Linie oder ein Streifen, auch im dichtesten Wald gibt es einen Horizont, er ist das Fernste, was sich auftut, das fernste Licht, niemals nur ein Stamm, an dem der Blick endet, sondern die erahnbare Distanz dahinter, die Tiefe der Schneise, in die man eben noch geschaut hat. Für die Dauer eines Schritts war da ein Korridor sichtbar, ein Luftweg überm Dickicht, ein Geheimgang der Vögel, dem man scheinbar auch am Boden folgen könnte.

Wense fällt es schwer, zu widerstehen.

Ihm ist, als würde er an einer offenen Tür vorbeigehen, hinter der ein vorbestimmter Pfad auf ihn wartet. In Wahrheit führen all diese Türen, wie er weiß, nur ins Casino, ins Wettbüro des Unterholzes, wo er schon oft genug seine Orientierung verspielt hat.

Heute stehen wirklich unverschämt viele Türen offen, unverschämt viele Äste wanken in den Eingängen und winken herein.

Er guckt bloß, hält bloß an, um zu gucken. Er will gar nicht reingehen.

Wird auch nicht reingehen.

Höchstens bis zu diesem Blättervorhang.

Der Sage nach ist der Reinhardswald ja durch ein Würfelspiel entstanden, nämlich aus der Asche der Dörfer und Äcker, die Graf Reinhard einst verzockte und dann niederbrennen und mit Baumsamen bestreuen ließ. Deshalb die guten Fundquoten hier. Des Grafen Pech, des Wenses Glück!

Er lüftet den Vorhang.

Nichts. Zumindest nichts auf Anhieb, er kniet nieder und beginnt im Laub zu wühlen, schmeißt Zweige und Erde hinter sich, legt frei, was darunter ist.

Eine Niete.

Enttäuscht geht er zurück.

Mit einem klitzekleinen Umweg zu diesem Hügelchen. Das wirkt irgendwie verdächtig. Er schleicht um es herum. Definitiv keine Ackerwölbung aus dem Mittelalter. Er stellt sich drauf und scharrt und stampft. Kein Stein. Könnte es ein vorchristliches Hügelgrab sein?

Das Grab raschelt ängstlich unter den Blättern. Es weiß genau, was er im Schilde, in der Tasche führt. Er hat es entdeckt, aber mit welchem Recht darf ers verraten?

Zurzeit werden so viele Karten wie nie hergestellt, so viele Gebiete wie nie werden erschlossen und verzeichnet, nur um dem Feind zu schaden. Es geht um Nutzflächen und Befahrbarkeit, um Hindernisse und Deckung, ums Einkesseln und Abriegeln. Orientierung ist mal wieder zur soldatischen Pflicht geworden, die Windrose zum Verdienstorden für kriegerische Landvermesser und maßstabsgetreue Generäle. Ihre Richtungszeiger sind Speerspitzen. Ach, wie schön sie funkeln an der Brust!

Er packt die Karte aus.

Hauchdünn, durchscheinend, fast unsichtbar verzeichnet er das Grab.

Aber dann schlägt seine Scheu um, und er zeichnet dick und kräftig nach. Auch diesen Anblick kann er nicht lange ertragen. Mit spitzen Fingern greift er zum Radiergummi und schleift das Monument, trägt es vorsichtig wieder ab, pustet die Reste vom Papier. Die zurückbleibende Druckstelle betrachtet er aus verschiedenen Winkeln, befühlt sie aus verschiedenen Richtungen und von beiden Seiten. Was, wenn man allem, das aus der Welt radiert wurde, so nachspüren könnte, wenn alles so einen doppelten Eindruck hinterließe? Das Verschwundene bliebe wahrnehmbar, selbst wenn die Vertiefungen aufgeschüttet würden, von unten bliebe es wahrnehmbar als negative Erhebung.

Es dämmert, es verfinstert sich, er treibt aufwärts in die Nacht, sein Ziel der höchste Punkt, höher als jeder Gipfel, höher noch als der Mond!

Dessen Kuppen hat er vor ein paar Wochen durchs Fernrohr gesehen, die aus schwarzen Schatten herausragenden riesigen Mondkuppen, an denen das wachsende Licht allmählich niederglitt.

Diese Nacht ist sternenlos, der Himmel hält sich bedeckt, doch die Galaxien dahinter sind nur umso deutlicher zu spüren, die Drehungen und Wirbel ihrer gewaltigen Massen, der Tanz der Materie im Rhythmus der Physik, die Welt wurde geworfen aus dem Hüftschwung des Alls!

Wense fällt hin.

Stöhnend umklammert er sein Schienbein.

Ihm ist schon klar, worüber er gestolpert ist, über den Ring der Sieburg, der Burg von Segestes, der vermutlichen, der verfluchten!

Er tastet nach seiner Tasche. Es ist nichts rausgerutscht. Er tastet nach seiner Kappe. Sie sitzt noch auf dem Kopf. Er krabbelt ein Stück und legt sich in die Mitte des Rings, krümmt sich zusammen, kugelt sich zu einem Satelliten.

Langsam beginnt er, im Orbit zu kreisen.

Im Orbit der Römer und Cherusker, Hermunduren, Angrivarier, immer schneller, bis es ihn aus der Bahn wirft. Haltlos driftet er durch den Völkerkosmos, gerät ins Sonnensystem der Maya, wo sich alles um den Gott Tonatiuh dreht, der ihn aber gleich wieder freigibt und an die Nabatäer weiterreicht, mit denen er Duschara umtanzt. Nach zwei Runden zieht es ihn zu Garamant, dem Wüstenplaneten, der grün ist dank unterirdischer Bewässerung. Dann zu Nazca, dem Planet der Langschädeligen, auf dessen Oberfläche übergroße Figuren eingeritzt sind, die berühmten Geoglyphen! Er erkennt ein Trapez, einen Affen, ein Irgendwas, und schließlich sieht ers ganz dick kommen: Der Rote Riese Han will ihn als nächstes an sich reißen, halb Asien ist schon in seinem Reigen! Doch der Weiße Zwerg Xiongnu schiebt sich dazwischen und rammt ihn so heftig, dass es ihn wieder zur Erde schleudert.

In langem Bogen stürzt er über dem Reinhardswald ab und schlägt unten, an der Weser, auf einer Seilfähre ein.

Der Fährmann kommt aus dem Häuschen, blendet ihn mit einer Taschenlampe.

»Bitte schnell, ich will zur Bahn.«

»Welche Bahn?«, fragt der Fährmann mit weiblicher Stimme. Eine Fährfrau.

»Ist da drüben nicht Bodenfelde?«

»Doch, natürlich.«

»Na also. Ich will nach Göttingen.«

Die Fährfrau schweigt und blendet ihn weiter.

»Wurde bombardiert?«, fragt er ängstlich.

»Nicht dass ich wüsste.«

Plötzlich begreift er und kramt im Portemonnaie, streckt ihr sein restliches Geld hin.

Sie nimmt es wortlos und bequemt sich an die Seilkurbel.

Die Fähre legt ab, aber ewig langsam, dümpelt dahin, es wäre ja schneller zu schwimmen!

»Darf man beim Kurbeln helfen?«

»Nein.«

Er atmet tief durch und würgt den Griff seiner Tasche.

Am gegenüberliegenden Ufer funzeln ein paar Luftschutzglühbirnen, die erahnen lassen, wie weit es noch ist. Sie erinnern ihn an das Glühen von Kassel, das er vor drei Tagen aus der Ferne beobachtet hat, die glühenden Schwaden am Horizont, schön wie Polarlichter. Aurora bellica. Er muss seine alte Stadt besuchen, muss sehen, was von ihr übrig ist.

Auf einmal rumpelt es und er verliert das Gleichgewicht, wirft fast die Tasche über Bord.

»Sie können«, sagt die Fährfrau.

Er reckt den Hals, versucht den Boden zu erkennen.

»Ich dachte, Sie hättens eilig.« Sie leuchtet ihm mit der Taschenlampe.

»Danke«, sagt er und springt an Land.

In der Bahn beginnt er einen Brief an Heddy, bemüht sich um versöhnliche Worte. Dass er einfach zu krank gewesen sei während ihres Besuchs. Dass sie sich nicht gestritten hätten, wären sie wandern gewesen. Unter der schummrigen Beleuchtung ist seine Schrift kaum lesbar.

Er kneift die Augen zu, eine Träne kullert, er spürt sie auf der Wange, ihre kühle Spur, sitzt da und spürt, wie sie langsam verdunstet. In seinem Kopf aber ist sie noch, noch zieht sich die Spur durch sein Hirn, ein kleiner, kühler Strich.

Langsam verdunstet auch der.

Shan xing wu zhe ji. Ein guter Wanderer lässt keine Spur zurück, sagt Laozi in der Fassung von Richard Wilhelm. Schon der erste deutsche Übersetzer, Victor von Strauss, hat es so verstanden, allerdings schrieb er nicht Spur, sondern Fußspurmäler, denn es sollte sich reimen: Fußspurmäler auf Rechenzähler!

Wense muss lachen.

Der Waggon schwankt, wiegt ihn hin und her, lullt ihn ein mit Grollen und Quietschen.

In ihm erklingt ein Beduinengedicht, eine Kasside des großen Imru' al-Qais, die im Rhythmus der Kamele durch die Wüste galoppiert, mit den Stammesbrüdern in die Schlacht, wo die Köpfe fliegen, die abgesäbelten Köpfe, genauso rhythmisch.

Er murmelt die Strophen, stellt sich die arabischen Schriften vor, sucht nach einer passenden Übersetzung.

Als er in Göttingen aussteigt, grübelt er immer noch, auch als er die Haustür aufschließt und in sein Zimmer schleicht. Er setzt sich an den Schreibtisch, wo zwischen den Nachschlagewerken und den Übersetzungen verschiedener Arabisten seine eigene Nachdichtung der Kassiden liegt.

Stundenlang doktert er daran mit Bleistift herum.

Seine Schulter beginnt mal wieder zu stechen. Zur Erholung blättert er in seinen Afrikamappen, erfreut sich an den Sprichwörtern der Ewe, Sotho, Ashanti, Masai. Trotzdem zieht der Schmerz in seinen Arm, bis in die Finger. Gern würde er auf der Schreibmaschine tippen, aber das könnte die Vitzthums wecken. Wie spät ists überhaupt?

Auf dem Nachtschränkchen tickt der Wecker mit verschwommenem Ziffernblatt.

Er blinzelt und hält sich die Taschenuhr vor die Augen.

Halb fünf.

Ja wirklich.

Um sechs fährt der erste Zug nach Kassel.

Unentschlossen lässt er die Schultern kreisen.

2

Die zugestiegenen Arbeiter geben keine Ruhe, volle zehn Minuten lang johlen sie, bis endlich Ihringshausen erreicht ist, die neue Endstation.

Für Pendler stehen Busse nach Altenbauna bereit. Die Fabrik dort hats also nicht erwischt.

Eine kleinere Gruppe macht sich zu Fuß auf den Weg nach Kassel, Mütter mit Kindern, ältere Paare, gebückt und bleich, ein Trauerzug.

Wense überholt und entfernt sich von ihnen.

Es wird still im Frühnebel. Still die ersten Brandflecken am Boden, still das erste ausgebrannte Haus, die erste ausgebrannte Reihe von Häusern, die zerbombten Henschelbüros. Scherben knirschen unter seinen Schuhen. Nirgends ein Mensch, nicht mal ein Mäuschen. Nur immer mehr Asche, immer mehr schwarze Fenster und Dachstühle und schließlich gar keine Dächer, gar keine Fenster, gar keine Straßen mehr.

In Dortmund und Essen hat er zwischen den Trümmern noch einzelne Bauten und Bäume gesehen, hier geht er von Hügel zu Hügel durch eine Wüste aus Schutt. Es qualmt und flammt aus den Ritzen und Spalten, Staubwolken wälzen sich über Mauerreste wie über ein Riff.

Er sucht nach dem Altmarkt – aber die ganze Altstadt fehlt! Statt schmalen Gassen überall weite Plätze, schwelende Balken, Ruß über Ruß. Die Schäden früherer Angriffe sind im Totalschaden verschwunden. Am Rand eine Leiche neben der andern, mit Chrysanthemen geschmückt, die meisten verkohlt, einzelne gebraten, auch Erschossene.

Am Friedrichsplatz steht manches noch, die jüdischen Warenhäuser, die Bibliothek, das Landesmuseum. Nein, bloß Fassade, innen hohl. Hinter der Absperrung liegen Blindgänger.

Männer mit Schaufeln tauchen auf, Polen, Italiener, Franzosen, sie werfen sich schadenfrohe Blicke zu. Ihre Wächter, vier junge Soldaten, gucken erschöpft.

Kommandantur angekokelt, Palais ebenfalls, Theater völlig hinüber.

Er geht in ihre alte Straße, was von ihrer alten Straße übrig ist, zur Schönen Aussicht, Haus Nummer 3 ...

Gut, dass seine Mutter rechtzeitig nach Göttingen gezogen ist.

Mit den Augen richtet er ihr Zuhause noch einmal auf, steigt noch einmal die Treppe hoch in die Stube, prüft den Kompass, der auf dem Tisch liegt, und blickt aus dem Fenster über die Karlsaue, bis etwas sein wundes Schienbein berührt.

Eine Katze streicht um ihn herum.

Er macht sich eine Notiz und zieht weiter.

Die Henschel-Villa hats zerrissen, die Gauleitung auch, der Karlsplatz wie umgepflügt. Die Uhr hängt schief am Rathausturm. Von der Kirche nur noch das Achteck der Mauer. Ums Capitol besonders schlimm, an den Wänden die Kreideinschriften der Geflohenen:

Fr. Kilpe bei Mimi in Treysa, Hephata

Fam. Feige, Heinrich Schütz Allee

Mittendrin Rosen, Militärkolonnen, spielende Kinder. Das krummgeschmolzene Gestell eines Fahrrads. Unimogs drängen vorbei, die Leute werden fast zerquetscht. Eine Frau mit Kneifer stemmt die Arme in die Seiten: »Tja, das waren also mal Müllers.«

Königsplatz und Bahnhof ruiniert, das Fabrikgelände sowieso. Auf der Einkaufsstraße reinstes Chaos. Seine Buchhandlung wurde verschont, sein Papiergeschäft jedoch nicht. Genauso wenig das Haus von Samuel Levi Josaphat, dessen Sohn in London das Nachrichtenbüro Reuters gründete. Und auch nicht das Haus von 1550, in dem Jost Bürgi die erste Logarithmentafel aufstellte, und auch nicht das von 1601, in dem Christoph Rothmann eine der ersten Mondkarten entwarf. All die Häuser, mit denen er sich jahrelang beschäftigt hat. Ihre Geschichten waren für ihn schon immer mythisch, aber jetzt sind sies erst recht. In seinem Werk könnten sie gleichrangig neben den anderen Mythen stehen, das Portrait der Kettengasse und ihrer Bewohner neben den Sagen der Uitoto! Die Beschreibung der Dachgiebel direkt neben den kalmückischen Epen! Und nach dem kamerunischen Märchen vom Ohrenschmalz und der Mücke käme das vom Schweizer Uhrmacher, der in Kassel einen Globus des Sternenhimmels baute.

Ihm wird schwindlig.

Auf der Karlsaue sinkt er auf eine Bank und öffnet seine Aktentasche. Der Rest Butterbrot ist schneller gegessen als ausgepackt. Er findet auch noch einen Splitter der Schokolade, die ihm Heddy letzte Woche mitgebracht hat. Dass sie aus Berlin kam, um ihn zu pflegen, war rührend, aber eigentlich hatte es alles nur schlimmer gemacht. Was eine Erleichterung, als sie endlich wieder ging! Seitdem ist er geheilt. Seitdem ist er entkrampft und entgiftet.

Nur kann er ihr das so nicht sagen.

Während die Schokolade auf seiner Zunge schmilzt, schaut er den Papierfetzen zu, die über den Rasen fliegen. Eine Zeitungsseite jagt eine Gruppe Spatzen. Ein kleines Stück Pappe überschlägt sich wie ein Akrobat, kommt im Flickflack auf ihn zugeturnt, wirft sich mit doppeltem Salto an seine Brust. Eine Ansichtskarte der Wasserspielgrotte des Nachbarorts Calven, unbeschriftet. Nicht das passendste Motiv, aber nun gut. Er zückt den Stift und beginnt:

Heddy! Bitte antworte! In Kassel auf der Karlsaue mit letztem Splitter deiner Schokolade. Rundum Ruinen. Grauen und Elend empfinde ich kaum, nur das Immense, Grandiose dieses Schauspiels.

Er würde ihr gern noch was Liebes schreiben, irgendwas von einem gemeinsamen Erlebnis auf der Aue, doch ihm fällt bloß der kleine indische Elefant ein, der hier einmal lebte. Ein Geschenk an Friedrich II. Er fraß und soff tagein, tagaus und knickste artig vor den Besuchern der Menagerie. Zwischendurch half er oben beim Umbau des Bergparks, bis er 1780, im Alter von neun, stolperte und den Hang runterrollte. Er wurde ausgenommen und ausgestopft und in Friedrichs neuem Museum ausgestellt, als Skelett und als Puppe. Und jetzt wurde er dort auch noch ausgebombt, der Arme.

Wie viel Tierhaar da drin verbrannt sein muss, wie viele Felle und Federn und Häute, die ganzen alten Präparate aus dem 18. Jahrhundert, Kamele, Papageien, Leoparden, Kasuare, Tiger,

Löwen, Seehunde, Friedrich nahm jeden Exoten, den er kriegen konnte.

Auch ein paar Afrikaner.

Die hatten ihm seine Soldaten aus dem amerikanischen Unabhängigkeitskrieg mitgebracht. Und wo steckte er sie hin? Ausgerechnet in das pseudochinesische Dörfchen Mulang, das er oben am Bergpark hatte errichten lassen. Runtergerollt sind die Afrikaner zwar nicht, doch starben auch sie bald und wurden vom selben Mann seziert. Professor Soemmerring holte alle Organe und Knochen raus und verglich sie mit denen der Affen und denen der Menschen.

Der Elefant hatte noch Glück, dass sich Goethe seinen Schädel schicken ließ und im Zwischenkieferknochen die Verwandtschaft aller Säugetiere mit dem Menschen und aller Menschen mit den Säugetieren erkannte. So wurde er posthum zum berühmten Goethe-Elefanten. Von einem Soemmerring-Afrikaner ist nichts bekannt.

Er beschließt, einen Umweg zum Bergpark zu machen, und verlässt die Innenstadt, geht auf den Hungerspuren der Schafe über die Weiden.

Aber immer wieder zupft ihn was am Hosenbein, Wacholder, Heckenrose, Schlehe, Distel, alles Stachelige, Bittere, vom Vieh Verschmähte. Wer überleben will, muss ungenießbar sein. Dem Enzian und der Orchidee sieht man es nicht direkt an, doch so allein, wie sie stehen, nur umgeben von Ihresgleichen – man muss nicht Sherlock Holmes sein, um auf Gift zu schließen.

Er entdeckt etwas Sauerampfer mit löchrigen Blättern und zieht die Pflänzlein vorsichtig aus der Erde, klopft sie ab, steckt sie sich mit den Wurzeln voran in den Mund. Kauend prüft er die Fraßkante an den Bäumen. Für Schafe zu hoch, also Pferde oder Rinder. Wo sind die jetzt? Durch ihre Vorlieben haben sie die Weide gestaltet, Landschaftsgestalter, die mit dem Maul zu Werk gehen, stutzen und rupfen jeden Halm, jedes Blatt, jede Knospe, jeden Trieb, selbst die Rinde hobeln und schaben und schleifen sie ab, um Effekte der Vernarbung, Verkrüppelung, Wucherung zu erzielen. Verbissästhetik. Da, ein sehr gelungenes Beispiel: kontrapunktische Fraßkehlen im Schlehdornbusch, aus dessen Mitte die Eiche mit ihrer nach oben abgerundeten Krone aufragt. Ein Original, von keiner Malerei zu fassen, Caspar David Friedrich ein Epigone des Weideviehs!

Hinter der Eiche entdeckt er mehrere Krater, drei, fünf und noch viele weitere bis weithin übers Land verteilt. Er steigt durch einen nach dem andern mit pfropfenden Schritten. Der Krieg ist eine Kuh, die gemolken wird in den Dornen, sagen die Sotho.

Mulang steht noch, tadellos! Die aufgestockten Hütten, der Schafstall, die Pagode mit dem Guckloch in der Tür.

Wense drückt auf die Klinke.

Wie gewohnt ertönt der Gong. Wie gewohnt bleibt die Tür verschlossen. Und wie gewohnt hockt drinnen die etwas missglückte Buddhafigur und nickt lächelnd mit dem Kopf.

Er eilt weiter, an der Löwenburg vorbei, dieser künstlich verwitterten Möchtegernruine. Endlich hat sie einen echten Schaden, ihr zweiter Turm ist weg.

Er gelangt zum Neptunbecken und folgt den trockenen Stufen des Wasserspiels, die sich als Riesentreppe den Hang hochziehen. Oben, 80 Meter höher, thront das Riesenschloss. Und oben auf dem Riesenschloss die Pyramide. Und oben auf der Pyramide die Herkulesstatue. Alles wie gewohnt.

Aber der Ausblick wird neu sein.

Keuchend überwindet er die Freitreppe, die ums Schloss führt, und betritt dessen Plattform. Ihm wird wieder schwindelig, Funken fliegen, er taumelt an die Felsbrüstung und hält sich fest.

Ein Gestöber aus Sternchen und Schwarzen Löchern.

Langsam lichtet es sich, und sein Blick fällt die Treppe, die Schneise hinab, kilometertief zwischen den Bäumen durch und über die Wilhelmshöhe weg, auf die Prachtstraße der Innenstadt.

Sie verschwindet in dunstigen Trümmern.

Nekropolis. Er kommt sich wie auf einem Grabtempel vor. Unten versammeln sich die Toten als Pünktchen, sie bilden eine Parade, strömen den Berg herauf, Menschen und andere Tiere. Am Neptunbecken vereinen sie sich zu kohlschwarzer Schlacke und fließen aufwärts in Kaskaden, Stufe um Stufe bis zur Öffnung, zum Seelenloch, durch das sie im Mausoleum verschwinden.

Die Ewe sagen: Die Stadt isst sich satt von der Arbeit des Feuers, aber wenn das Feuer auch mal essen will, machen alle ein Geschrei.

3

Peter ist so artig, bellt kaum, hungert im Stillen. Ohne Leine dackelt er neben ihm am Straßenrand. Sie biegen in den Friedländer Weg, und es ist wie oft: Kaum um die Ecke, weht ihnen der Wind entgegen, Peter wittert das Frauchen bestimmt. Wense versucht es, aber selbst als sie die Pension betreten haben, den Flur hinuntergegangen sind, sogar schon vor der Tür stehen – wie riecht seine Mutter überhaupt?

Er klopft an und öffnet.

Ah ja.

Peter legt sich sofort ins Körbchen und schnaubt.

»Wart ihr weit?«, fragt sie aus dem Sessel.

»Nicht allzu.«

»Ist er so schwach?«

»Nein, nein, er hält sich tapfer. Ich habe eine Fleischmarke zurückgelegt, morgen beschaffe ich ihm wieder was.«

Auf dem Beistelltisch sieht er das Buch mit dem schönen Titel, das er für sie ausgeliehen hat: *Das Arbeitsfeld des Dilettantismus.*

»Hast du es fertiggelesen?«

Keine Antwort.

»Auf welcher Seite bist du?«

»Dränge mich nicht.«

»Ich nehme es mit, um die Ausleihe zu verlängern.«

»Bitte spiele mir noch ein wenig vor, ehe du gehst.«

Er setzt sich an den Steinway und beginnt mit der Pizzetti-Oper, deren Klavierauszug er sich erst letzte Woche gekauft hat. Nach fünf Minuten hat er seine Lieblingsstelle erreicht und spielt sie mit geschlossenen Augen in Endlosschleife, immer schneller, bis die Schulter zu sehr schmerzt.

Als dann der letzte Ton verklungen ist, sagt er: »Die Oberfläche der Erde wird oft mit Körperteilen verglichen, eigentlich ähnelt sie aber mehr einem zähen, gärenden, außen hart gewordenen Teig. Ihre Erhebungen, die scheinbaren Nasen und Köpfe, sind Beulen quellender Hefe, ihre Runzeln und Falten Risse in der Kruste, die unaufhörlich splittert und bröckelt und deren Splitter und Brocken sich überlagern, abstoßen, aufrichten, ein ständiges Gedränge und Gereibe von Landmasse, das ist Gelände! Aber weil es so langsam und formschön herumkriecht, in jahrtausendelangen, zentimeterkleinen Bewegungen, glauben wir, es wäre etwas Festes, auf dem wir bauen könnten. Bis der Teig wieder aufwallt. Wie Ende Mai auf der Schwäbischen Alb. Es ist ein Ruck durchs Ländle gegangen, der die Leute vom Hocker und die Dächer vom Stuhl gehauen hat, doch dass es ein Beben war, interessiert im Grunde niemanden. Alles, was zählt: Uns hats erwischt!«

Er klappt den Deckel zu.

»Das sind schwere Zeiten für Naturkatastrophen. Bevor der Wind auch nur einen Ziegel abtragen kann, bevor der Regen auch nur einen Bach zum Überlaufen bringt, werden ganze Städte und Dämme einfach zersprengt. Wenn die Natur bemerkt werden will, muss sie noch größere Geschütze auffahren. Als der Rakata zündete und die Krakatau-Inseln mit sich in die Luft jagte, zog der Aschequalm um die Welt und änderte das Wetter. Du hast es erlebt, Mutter, die Leute fürchteten Missernten wie nach dem Ausbruch des Tambora.«

Sie nickt.

»Es müsste ein Vulkan ausbrechen, der ein solches Wetter schafft, dass man keinen Krieg mehr führen kann.« Er schießt hoch. »Ein Weltwetterumschwung mit einem gewaltigen Rakatakrakatau!«

Peter bellt, aber nur einmal und nur halbherzig.

Seine Mutter ist aufgestanden, wackelt, auf ihren Gehstock gestützt, zum Herd. »Hast du Neuigkeiten von Heddy?«

»Nein. Das hätte ich doch gesagt.«

Leise rieselt der Staub auf die Bibliothekare, während sie die Bücherkarren schieben, sie karren die Bücher wie Ziegel durch die Kirche, höhlen die halbleeren Regale noch weiter aus. Im Seitenschiff, vor dem Joch, in dem sich die juristische Fachliteratur befindet, steht Franz Körner, die Frisur etwas zerzaust.

»Herr Bibliotheksrat«, flüstert Wense. »Ihr Scheitel spinnt.«

Doch sein alter Bekannter schaut ihn traurig an. »Wir müssen reden.«

Es kommt raus, dass er einberufen wurde, nächste Woche schon muss er nach Polen.

»Ich weiß nicht, wer mein Nachfolger wird, Ihre Sachen können jedenfalls nicht hierbleiben.«

Keine fünf Minuten später schleppt Wense die erste Kiste auf die Straße.

Seine Schulter wird das nicht lange mitmachen. Er spricht zwei Jungs an, die vor einer Hauswand hocken.

»Pst«, machen sie. »Da ist ein Gespenst!«

Sie zeigen durchs Kellerfenster.

»Zwei Mark«, sagt er, und der Spuk ist vergessen.

Jeder bekommt einen Stapel.

»Schön das Kinn draufdrücken, damit nichts rutscht.«

Aber die beiden sind dermaßen täppisch, ständig fällt was runter! Beim Aufprall öffnet sich eine seiner Mappen, und die Seiten fliegen übers Pflaster.

Die Jungs schmeißen alles hin, rennen hinterher.

»Was ist das?«, schreit der Blockwart. »Her damit!«

Er glaubt wohl, es seien Flugblätter.

»Das sind meine Unterlagen.«

»Was sind das für Zeichnungen?«

»Wetterkarten. Ich arbeite für die Physikalischen Werkstätten.«

Wense gibt ihm seinen Dienstausweis, auch die Urlaubsbescheinigung.

Der Blockwart prüft alles ganz genau.

Dann hilft er beim Aufsammeln.

»Nicht nötig, danke, wirklich nicht nötig!«

Unter seinen Wurstfingern sind astrologische Zeichen zu sehen, Sternkonstellationen neben den Namen von Politikern, Wense beißt die Zähne zusammen.

Ihm fällt zum Glück nicht auf, dass er Hitlers unschmeichelhaftes Horoskop in den Händen hält.

»Weiter jetzt, hopphopp, ihr Schussel.«

Sie eilen zum Haus, und gerade will er aufschließen, da öffnet sich die Tür und Frau Vitzthum schaut heraus, an ihm vorbei, auf die beladenen Jungs.

Er erklärt ihr, worum es geht, dass er unter Zeitdruck steht, leider keine andere Möglichkeit hat.

»Meine Finger tun weh!«

»Stellt hier ab«, sagt sie und lotst die Jungs in den Flur.

Den einen Stapel kann sie noch abfangen, der andere verteilt sich über den Boden.

»Ach herrje!«

»Nicht schlimm, nicht schlimm.«

»Ist das alles?«

»Bei weitem nicht. Ich brauche schnellstens richtige Helfer.«

»Sie könnten die Mädchen fragen, die sind gleich fertig.«

»Mädchen?«, ruft der eine Junge empört.

»Nein«, sagt sie. »Das sind Fräuleins, die sind viel älter als ihr. Eine Sekunde, ich hole sie.«

Es sind die beiden polnischen Haushaltshilfen, die Wense schon kennt. Dass es ums Büchertragen geht, verstehen sie sofort, dass sie allerdings ihren frischverdienten Lohn, die Kartoffeln und die Rüben, erst mal hierlassen sollen ...

»Um die Hände frei zu haben!«, ruft der vorlaute Junge und stöhnt übertrieben.

Schließlich kommen sie doch mit, wenn auch misstrauisch.

Wense tut besonders fröhlich, spricht mehrmals von der Bibliothek, und als sie endlich vor der Paulinerkirche halten: »Ja, die Bibliothek ist in der Kirche.«

Er bittet sie zu warten.

»Ihr könnt gehen«, sagt er zu den Jungs.

»Aber wir wollen auch helfen!«

»Ihr kriegt nichts mehr. Geht wieder zu eurem Gespenst.«

Die Polinnen schnaufen, werden langsamer, klackern in ihren Holzschuhen hinter ihm her.

»Ach herrje!« bei jeder Ladung, die sie ins Haus schleppen.

»Also, noch mehr kann unmöglich in Ihr Zimmer, Herr von der Wense.«

»Gut, das ist auch alles.«

Er platziert seine geklebte Holzgiraffe, die sich beim letzten Umzug den Hals gebrochen hat, vorsichtig im Regal.

Frau Vitzthum gibt ihnen ein Pfund Kartoffeln zusätzlich.

»Ich kaufe ihnen auch noch was«, sagt er und geht mit hinaus.

Auf der Straße drehen sie sich überrascht zu ihm um. »Wieder Bibliothek?«

»Nein, nein, Fleischerei!«

Die beiden schauen einander fassungslos an.

Er löst seine letzten beiden Marken für 100 Gramm Aufschnitt ein.

»Jürgen!«

Seine Mutter haut auf die Armlehne, dass es staubt.

»Und was soll er nun fressen? Womit soll ich ihn füttern?«

»Hast du denn gar nichts mehr?«

»Du sagtest, du würdest ihm Fleisch besorgen! Guck dir unser Peterchen an, guck!«

Er liegt schlafend im Korb.

»Ende der Woche bekomme ich ja wieder Marken.«

»Ende der Woche?«

»Ich kann es morgen im Werk versuchen.«

»Morgen musst du schon wieder hin?« Sie knibbelt an den Nägeln ihrer dünn gewordenen Finger. »Ich will nicht, dass du wieder krank wirst.«

»Es wird gehen. Jetzt sind die Dämpfe ja nicht mehr so schlimm wie im Sommer.«

Er schlägt die Zeitung auf und liest die neusten Schreckensmeldungen aus Kassel, die Todesanzeigen, dann holt er sich die Schere, um eine Statistik für sein Tagebuch auszuschneiden. Seine Mutter sorgt sich lautstark, mutmaßt über alle Leute, die sie aus Kassel kennt und von denen sie noch nichts gehört hat, fängt schließlich sogar von Heddy und deren Schwester Gisela an.

»Nein Mutter, wäre Berlin angegriffen worden, hätten wir davon erfahren.«

Seufzend strickt sie weiter an seiner Socke und er nimmt sich seinen unvollendeten Brief vor. Versöhnlichkeit durchströmt ihn bei jedem Wort an Heddy, doch am Ende steht da, dass seine Art nun mal zu schöpferisch sei für Frauen, weil sie die Dinge nicht an sich, sondern immer um einer Person willen liebten.

»Wenn bei Vitzthums kein Platz ist, könntest du einen Teil deiner Sachen selbstverständlich auch hier unterbringen, Bubsel.«

»Danke, ich bin im Grunde doch ganz zufrieden. Die Mappen ragen um mich auf. Heute Nacht schlafe ich zwischen Türmen.«

4

Hinterm Stadtwall wellen sich die Felder in der Dunkelheit, jeder Erdklumpen, jeder Halm ist ein Tropfen, ein Spritzer der wogenden Landmasse, und alles, was auf ihr liegt, scheinbar still liegt, eigentlich Treibgut, er selbst nur ein Schiffchen mittendrin, ein müder Kahn, der vorschriftsmäßig seinen Kurs halten muss zwischen anderen müden Kähnen.

Vor ihm wird eine Kolonne auf den Weg geführt, Ostarbeiterinnen. Er will nicht hinterherlaufen wie ein zusätzlicher Aufseher, aber er will auch nicht überholen und von allen beobachtet werden.

Ein Lastwagen mit Männern auf der Ladefläche rumpelt vorbei, sie pfeifen und winken und rufen auf Russisch.

Die Kolonne biegt ab Richtung Stadt, und er ist froh, wieder allein zu sein.

Als er am Werkstor ankommt, braucht er sich nicht auszuweisen, der Pförtner winkt ihn durch.

Auf dem Gelände ist noch niemand, bloß zwei Wachmänner, die ihn grüßen.

Er geht am Hauptgebäude vorbei und auf die andere Seite, zu den Baracken. Bei den Russinnen brennt schon Licht, bei den Franzosen nicht. Auch hinter den Fenstern der Prüfzentrale ist es noch dunkel. Er hofft, der Erste zu sein, und drückt auf die Klinke.

Ja, wieder der Erste.

Schnuppernd geht er durch seine Abteilung. Der Spiritusgeruch hat sich verflüchtigt. Am Rand Kisten voller Radiosonden, die geeicht werden müssen. Auf seinem Schreibtisch ein Bogen Papier – der Arbeitsbericht des Prüfers, der ihn ersetzt hat, dann aber auch krank geworden ist.

Er überfliegt ihn und beginnt sofort mit den Vorbereitungen.

Pünktlich um sieben kommen seine drei, Roger mit einem Lächeln, Nadja und Galina, wie erwartet, mit dem Gegenteil. Als sie die Butterbrote in ihren Schutzhandschuhen entdecken, ändert das nichts. Roger bedankt sich, sie kauen nur.

Dass die beiden Eichbäder schon angeschlossen und befüllt sind, scheint niemanden zu erstaunen. Roger lehnt sich lässig über die Wannen und schaut, ob die Präzisionsthermometer eingesetzt wurden.

»Eis ist vorrätig«, sagt Wense zu den Frauen, wiederholt sich auch noch mal. Doch erst auf Anweisung gehen sie endlich los, um es zu holen.

Er dreht den Lufthahn auf und öffnet die Lade unter der Wanne, in die sie das in Scheiben geschnittene Trockeneis legen, dann macht er alles wieder zu und erhöht den Druck mit der Luftpumpe. Roger macht das Gleiche.

Die Eichbäder beginnen zu wabern und zu dampfen wie Hexenkessel.

»Jetzt kochen wir wieder!«

Nadja und Galina reagieren nicht, ausdruckslos holen sie sich zwei Kisten und fangen an, die Radiosonden aufzuschrauben, um die Messteile zu entnehmen.

»Ça c'est de la cuisine atmosphérique«, sagt Roger.

»Exactement«, entgegnet Wense. »De la cuisine atmosphérique!«

»Bongschur, die Missiös!«

Herr Hetzel steht in der Tür.

Er humpelt ihnen entgegen, reicht Wense die Hand.

»Der wäre uns ohne Sie ja fast eingegangen«, sagt er über Roger. »Und ich sehe, schon wieder tatkräftig.«

»Es gibt viel zu tun.«

»Allerdings. Kommen Sie dann gleich mal zu mir, dass ich Sie auf den neusten Stand bringe.«

Minus 80 Grad sind erreicht, Nadja hat die ersten drei Messteile schon in den Einsatz gelegt und hält sie an der Stange bereit.

Wense nickt ihr zu und sie taucht sie ins Spiritusbad. Nach dreißig Sekunden hebt er den Daumen und sie schiebt das erste Teil auf den Stromkontakt. In seinen Kopfhörern ertönen die Temperatursignale, und er vergleicht und notiert, vergleicht und notiert.

Nachdem er auch die anderen beiden Teile abgehört hat, holt sie den Einsatz wieder raus, bestückt ihn neu. Er schaut zu Roger und Galina, die ebenfalls in die Arbeit vertieft sind. Hoffentlich schaffen sie den ersten Durchgang bis zur Mittagspause.

Gegenüber auf dem Flugplatz öffnet sich das Tor eines Hangars und ein Wetterballon drängt heraus, im Schlepptau zwei Meteorologen. Obwohl kaum ein Lüftchen weht, müssen sie ihn zu zweit an der Leine festhalten, seine weiße Gummihaut spiegelt das Sonnenlicht so sehr, dass sie die Augen zukneifen.

Dicht unterm Ballon befestigen sie den Radarreflektor, der einem mit Aluminiumfolie bespannten Kinderdrachen ähnelt. Dr. Kern kommt mit einer Sonde hinzu und hängt sie ans Ende des Seils, das mit dem Reflektor verbunden ist. Er prüft die Karabinerhaken, und als er alles für gut befunden hat, legt er seitlich am Sondengehäuse den Schalter um.

»Fertig!«, ruft er über den Platz.

Aus dem Beobachterhäuschen schallt es zurück: »Grundeinstellung stimmt!«

Die Männer haben dem Ballon inzwischen mehr Leine gegeben, haushoch steht er über ihren Köpfen wie eine wabbelige Gallertmasse, in die der Wind Mulden drückt.

»Achtung!«

Sie schauen auf die große Stoppuhr.

»Los!«

Der Ballon steigt mit dem am Seil hängenden Kasten auf, schon nach wenigen Sekunden ist er vierzig, sechzig Meter hoch, fliegt schräg über den Flugplatz und das Werk hinweg. Der Luftwiderstand drückt seine obere Hälfte jetzt ein, so dass er aussieht wie eine flache Qualle. Immer wenn das Licht auf die Seitenflächen der Sonde oder auf den Reflektor fällt, blitzt es auf.

Dr. Kern kommt zu Wense und Roger an den Zaun. »Wieder gesund? Seit wann?«

»Seit heute.«

»Und?«

»Gutgut. Außer der Suppe.«

»Immerhin waren Sie essen. Bei uns gehts drunter und drüber, der Wind hat schon zwei in die Antennen geblasen. Wollen Sie nicht vielleicht bei uns aushelfen?«, fragt er scherzhaft.

»An sich gerne, aber mir wurde vorhin das neue Produktionsziel mitgeteilt, und die Sonden stapeln sich. Wir kommen mit dem Eichen kaum nach.«

»Ach, das schaffen Sie spielend! Warten Sie mal ab. Alle schwärmen noch von Ihren Leistungen. Wer weiß, wozu Sie aufsteigen werden.«

»Zum Meteorologen nicht«, sagt Wense. »Leider. Das wäre das Größte für mich gewesen, bei Ihnen anzufangen. Die Prüferei ist doch eine ziemlich stumpfe Angelegenheit im Vergleich.«

»Na ja, Sie hören auch ab, berechnen sogar Kurven.«

»Bei Ihnen«, sagt Wense, »kommen die Signale aus dem Himmel, bei uns nur aus dem Bottich. Spiritus, unser Heiliger Geist.«

Dr. Kern grinst.

»Wenigstens habe ich«, Wense zeigt auf Roger, »einen echten Physiker an meiner Seite. Das hebt das Niveau ungemein.«

»Ich wusste gar nicht, dass Sie so unglücklich sind«, sagt Dr. Kern.

»Ich bin glücklich! Nur etwas neidisch, wenn ich die Ballons aufsteigen sehe.«

»Sie sollten, glaube ich, mal bei uns reinschauen. Das wird Ihre Sehnsucht dämpfen.«

Im Halbdunkel, umgeben von elektrischem Summen, sitzen zwei Techniker vor den grünen Leuchtschirmen des Radargeräts und drehen an den Handrädern, um die Hohlspiegelantenne auf dem Dach zu verstellen.

»Hast du ihn?«

Sie kurbeln nach links und rechts.

»Wo ist er hin?«

»Wahrscheinlich abgetrieben, dreh mal tiefer.«

Der eine lässt sein Rad langsam zurücklaufen, bis am Rand seines Schirms ein Zacken aufleuchtet.

»Na also.«

Mit einer weiteren Drehung holt er ihn sich an die Markierung in der Mitte.

»Zweiundzwanzig Grad Höhenwinkel.«

Eine Klingel ertönt.

»Was war das?«, fragt Wense.

Die Techniker schauen sich um. »Wer sind Sie?«

»Ist schon in Ordnung«, sagt Dr. Kern und klopft ihm auf die Schulter. »Das bedeutet, dass die Beobachtung begonnen hat.«

Im anderen Raum sitzt einer der Meteorologen mit einem Bleistift in der linken und einem in der rechten Hand und überträgt die Signale direkt aufs Millimeterpapier, drei Striche nach oben für den Luftdruck, zwei Punkte zur Seite für die Temperatur. Punkt für Punkt, Strich für Strich entsteht eine Kurve, die genau die fallende Lufttemperatur, den abnehmenden Luftdruck und die dem Luftdruck entsprechende Höhe erkennen lässt. Mit der linken Hand zeichnet er parallel eine Kurve für die Luftfeuchtigkeit. Es ähnelt den Höhenlinien eines abstrakten Gebirges.

»Keine große Wissenschaft«, sagt Dr. Kern. »Sie tragen viel größere Verantwortung. Wenn hier mal eine Aufzeichnung falsch ist, geht davon die Welt nicht unter. Aber wenn die Sonden schon falsch geeicht ankommen ... Ich will den Teufel nicht an die Wand malen, Sie wissen es selbst. Das Werk produziert fürs ganze Reich. Der militärische Wetterdienst hängt ab von Ihnen.«

Zurück in seiner Abteilung fühlt sich Wense wie ein Verräter, Roger ignoriert ihn völlig, fragt nicht, wie es war.

»Ich dachte, wir wären beide gemeint.«

»Wie bitte?«

»Ich dachte, die Einladung würde uns beiden gelten.«

Roger scheint seinen Gedankengang gar nicht zu verstehen, er wartet darauf, dass das Kontrolllämpchen des Eichbades erlischt, um mit dem Durchgang bei minus 80 fortzufahren. An den Ärmeln seiner französischen Offiziersjacke hat sich Reif gebildet, er muss Eis nachgelegt haben.

»Haben Sie auch bei mir nachgelegt?«

»Ich habe ein paar Stücke hineingeworfen.«

»Auch bei mir?«

»Ja.«

Seine feinen Hände sind gerötet, am liebsten würde Wense sie nehmen und warmhauchen. Er kontrolliert Nadjas und Galinas Fortschritte beim Ausbau der Messteile und schickt sie wieder an die Eichbäder.

Die Stunden vergehen.

Um halb sechs ist das Pensum nicht erreicht, doch er will sich nicht gleich am ersten Tag wieder streiten. Die Frauen ziehen ihre blaukuppigen Finger aus den Handschuhen und gehen wortlos zur Tür hinaus.

»Mir fehlt unser altes Büro«, sagt Roger, während er die Wanne verschließt.

»Ja, am Anfang war es besser, ohne die bösen Mädchen.«

»Nein, die sind mir egal, aber die Aussicht! Drüben konnte man aus dem Fenster sehen, in die Ferne. Hier sieht man immer nur Bretter. Bretter, Zäune und den Hof.«

»Es ist zur Sicherheit. Das Hauptgebäude wird als erstes bombardiert.«

Roger erwidert nichts, und Wense schämt sich sofort, ihn belehrt zu haben.

»Am Sonntag könnten wir wieder wandern, wenn Sie möchten, und anschließend essen bei meiner Mutter.«

»Sonntag tanzen wir.«

»Tanzen?«

»Wir dürfen einen Tanz machen mit den Russinnen. Aber nächsten Sonntag mit Vergnügen.«

Die Abendsuppe hat die Mittagssuppe mal wieder an Wässrigkeit übertroffen. Wense verlässt die Kantine zusammen mit Professor Nohl und Roger, der sie noch ein Stück begleitet, weil er den Pförtner nach Post fragen will. Am Firmenbus verabschieden sie sich.

»Ich kam leider erst gestern dazu, Ihren Brief zu lesen«, sagt Nohl beim Einsteigen. »Ihr Bericht aus Kassel ist erschütternd, zugleich ungemein wertvoll durch Ihren wissenden Blick.«

»Vitzthum wollte nichts davon hören.«

»Wie das?«

»Er meinte: Da lese ich lieber etwas von Goethe. Er muss seine Nerven schonen.«

»Es geht ihm also nicht besser.«

»Schwer zu sagen. Wenn ich ihn sehe, reden wir meist über Kunstgeschichte. Übrigens gab er mir die Zeitschrift mit Ihrem Beitrag über ... Entschuldigung, wie war der Name des Malers?«

»Kuithan.«

»Kuithan, ja! Ein gelungener Artikel, soweit ich dies einzuschätzen vermag.«

»Hat sich Vitzthum dazu geäußert?«

»Ich will nicht lügen.«

Nohl lacht. »Ein Lob hätte mich auch gewundert. Es ist sein Gebiet.«

Sie fahren in die Stadt und steigen am Marktplatz aus, um wie gewohnt zum Gasthaus Adler zu gehen. Nachdem sie sich von den anderen entfernt haben, fragt Nohl: »Wie steht es denn nun um Ihre Gesundheit?«

»Es scheint überstanden.«

»Müssen Sie weiter mit Sprit hantieren?«

»Das ist unvermeidbar.«

»Überlassen Sie es Ihren Mitarbeitern.«

»Wir sind zu wenige. Außerdem könnte ich Roger unmöglich mit den Mädchen alleine lassen.«

»Sind sie immer noch so störrisch?«

»Sie hassen mich.«

»Aber Sie schonen sie doch immerzu, machen Geschenke!«

»Sie verzeihen mir nicht, dass ich uns zur Mehrarbeit verpflichtet habe.«

Nohl schüttelt den Kopf. »Ihre Nachsicht rächt sich. Sie müssen strenger werden.« Dann erzählt er, dass sich heute in der Schlosserei eine Russin schwer verletzt habe und anschließend alle Frauen nur noch halb so schnell gearbeitet hätten, angetrieben werden mussten.

»Es ist peinlich«, sagt Wense. »Sie, ein großer Pädagoge, stehen da als Schlosser, erniedrigt, ich aber bin plötzlich so anständig wie nie. Nie war mein Leben so bürgerlich und geordnet wie jetzt.«

»Eine vorübergehende geschichtliche Stunde«, sagt Nohl und streicht sich, den Blick nach vorn gerichtet, über seinen Nietzschebart.

Wense hält ihm die Tür zum Gasthaus auf.

Drin die bekannten Gestapo-Gesichter. Es gibt kein Ausweichen, sie müssen Platz nehmen neben diesen gescheiterten Rittmeistern.

Dafür ist die Karte aber auch wieder entsprechend. Nohl bestellt Zunge in Burgunder, Wense mit seinen Kartoffelmarken Klöße in Sahnesoße.

»Und der Franzose? Wie ist es mit ihm?«

»Wir sind gut miteinander.«

»Alles andere hätte mich auch enttäuscht. Sie wirken wie Vater und Sohn.«

Wense ist schockiert, sagt nichts dazu.

»Oder wie Lehrer und Schüler. Man merkt, dass er Sie achtet. Vor seinen Landsleuten hält er sich freilich zurück.«

Während des Essens spricht Nohl über Briefe deutscher Mütter an ihre Kinder, die eine seiner früheren Studentinnen zusammengetragen habe. »Die Glaubensstärke, die darin zum Ausdruck kommt, diese Opferkraft! Eine verliert ihren Jüngsten und bestärkt gleich den Älteren, Torpedomatrose zu werden. Und eine andere schreibt an die Front: Allein durch strengen

Gehorsam kann man Großes hervorbringen. Das ist mehr als preußische Tugend, das ist jene Charakterform, die wir schon in der Nibelungensage finden, bei Hagen, Rüdiger und Dietrich von Bern, und worauf das Heldentum unseres Volkes gründet.«

Wense ist sich nicht ganz sicher, wie ernst er das meint.

Als sie fertig sind und das Gasthaus verlassen, will Nohl wissen, wovon er vorher gelebt habe.

»Ich bin anspruchslos.«

Nohl fragt nicht weiter, schweigt jedoch mit Nachdruck.

Schließlich sagt Wense: »Ich lebte von meiner Begeisterung, sogar recht gut davon, jedenfalls nicht schlechter, also nicht unglücklicher als ein gewöhnlicher Arbeiter oder Angestellter. Die Begeisterung stillte fast alle meine Bedürfnisse, nur für den kleinen Rest, der blieb, kamen Freunde auf.«

»Sind Ihnen diese Freunde noch treu?«

Er nickt.

Wieder dieses nachdrückliche Schweigen.

»Hedwig Woermann gehört zu meinen Förderern.«

»Von der Reederei?«

»Adolph Woermanns Nichte.«

»Mhm, sie war also Ihr Damenbesuch.«

»Das war eine andere Hedwig«, sagt Wense. »Hedwig Esche, eine Freundin.«

Nohl streicht sich über den Bart, blickt voraus. »Mir sind noch die Plakate von Woermanns Afrikalinie erinnerlich, die ich als Kind sah. Kennt Frau Woermann Ihre afrikanischen Übersetzungen?«

»Einen Teil.«

»Wie haben Sie sich kennengelernt?«

»Auf dem Musikfest in Donaueschingen.«

»Ah, als Sie noch Komponist waren?«

»Sie sprach mich nach meinem Auftritt an.«

»Sie sind aufgetreten?«

»Reden wir nicht davon, das ist Jahrzehnte her.«

Sie gehen schneller, damit Nohl seinen Zug nicht verpasst.

»Ohne Woermann wäre der Aufstand damals nicht zu bändigen gewesen«, sagt er. »Ich meine natürlich den Aufstand der Herero. Ohne seine Dampfer wären unsere Truppen nie rechtzeitig eingetroffen. Er soll Wucherpreise verlangt haben. Wissen Sie mehr darüber?«

»Nur, dass ihn der Kaiser anschließend nicht mehr empfangen wollte.«

»Ja, das ist bekannt.«

»Ihr Schuh ist offen.«

Nohl bückt sich.

»Kennen Sie auch Weisheiten der Herero?«, fragt er beim Zubinden.

»Einige wenige.«

»Bringen Sie mir doch gelegentlich welche mit, ja? Oder, noch besser, sagen Sie ein Sprichwort auf, wenn es sich ergibt. Das würde mich freuen. Und bitte unbedingt mehr von Ihren Fragmenten. Forschen Sie weiter zum Stab?«

»Sowie ich Zeit finde.«

»Sehr gut. Was Sie erzählt haben, ist äußerst vielversprechend, ähnlich Ihrem kleinen Werk über das Stehen. Vielleicht ließen sich beide sogar verbinden.«

»Vielleicht, ja. Ich werde darüber nachdenken.«

Gierig schnüffelnd schiebt sich Peters Schnauze zwischen seine Finger, als er das Taschentuch auffaltet.

Das Kloßstück kommt nie zum Vorschein. Weg. Ohne Schmatzen. Wie eingeatmet.

»Er kaut gar nicht«, sagt seine Mutter aus dem Sessel.

»Weil er es runtergeschlungen hat.«

»Hast du ihm alles auf einmal gegeben, die ganzen fünfzig Gramm?«

»Es waren weniger.«

»Wie viel?«

»Vielleicht dreißig.«

Sie schaut skeptisch. »Er kaut überhaupt nicht.«

»Ich muss los, Mutter, heute habe ich noch Dienst.«

Er winkt ihr mit dem Tuch und geht auf kürzestem Weg durch die Stadt, holt bei Vitzthums schnell die Pistole aus seinem Zimmer. Aber wo ist die Armbinde? In der Tasche nicht, im Mantel nicht, auch nicht im Schrank. Wahrscheinlich irgendwo unter den Kisten und Mappen, er beginnt sie abzutragen, umzuschichten.

Graf Vitzthums Gesicht schwebt im Türspalt.

»Habe ich Sie erschreckt?«

Wense sammelt das Fallengelassene wieder auf.

»Hätten Sie einen Moment?«

»Ich muss zur Stadtwacht.«

»Nur eine Minute.«

»Ich kann mich unmöglich verspäten.«

»Gut, dann gehen Sie eben, kommen Sie später zu mir.«

»Ich werde erst nach zwei zurück sein.«

Der Graf schaut verwirrt.

»In der Nacht«, sagt Wense.

»Um Gottes willen! Morgen natürlich, kommen Sie morgen Abend. Was suchen Sie denn noch?«

»Die Binde.«

»Hier ist sie doch!«

Wense nimmt sie vom Kleiderhaken und eilt zum Sportplatz.

Die anderen stehen schon da.

»Aus der Puste?«, fragt der Kommandeur. »Wir fangen erst an!«

Sie müssen laufen, immer im Kreis.

Langsam, aber stetig fällt er ans Ende zurück.

»Laufen! Nicht gehen!«

Die ersten überrunden ihn.

»Strengen Sie sich wenigstens an!«

Ihm wird übel.

»He, so nicht! Weiter! Die Runde machen Sie fertig!«

Am Rand hört er die anderen spotten. Einer ganz ernst: »Gehen ist eine olympische Disziplin.«

Danach sollen sie schießen, er mit seinem lahmen Arm.

Und schließlich fesseln üben.

Da versagt er auch.

»Ab zum Wachestehen! Stehen, das können Sie doch, oder?«

Fiedler, der Oberschwätzer, hängt sich an ihn.

»Wussten Sie, dass Gehen eine olympische Disziplin ist? Hab ich selbst gesehen. Der da gewonnen hat, war ein Brite, der musste sich auch übergeben, sogar drei Mal!«

Wenses Hals pfeift beim Einatmen.

Als es sich gebessert hat, sagt er: »In Göttingen wurde eine wichtige Untersuchung über das Gehen geschrieben.«

»Ach ja?«

»Die *Mechanik der menschlichen Gehwerkzeuge* von Wilhelm Weber.«

»So?«

»Er unterscheidet zwischen zwei Phasen, der auf einem und der auf zwei Beinen.«

»Interessant.«

»Für jeden Schritt lassen sich die Streckkraft und die Stemmkraft ermitteln.«

»Ja«, sagt Fiedler. »Das ist wichtig für die Leistung.«

»Man kann sich darüber streiten, in welcher der Ursprung der Fortbewegung liegt.«

»Wie?«

»In welcher der beiden Kräfte die Fortbewegung ihren Ursprung hat, ob im Strecken oder im Stemmen.«

»Ach so. Na, in beiden!«

»Meinen Sie?«

»Aber selbstverständlich! Ohne jeden Zweifel!«

5

Abhören, vergleichen, notieren, abhören, vergleichen, notieren, abhören, vergleichen, notieren, und die nächsten Messteile und von vorn.

Jetzt bei minus 60 Grad.

Er dreht am Heizregler und das Kontrolllämpchen leuchtet auf.

Roger lächelt herüber, denn bei ihm leuchtet es auch. »Ein Thermometer muss sein wie eine Frau: juste, sensible et fidèle!«

»Haben Sie Post von Ihrer bekommen?«, fragt Wense.

Er schüttelt den Kopf.

»Ich warte ebenfalls.« Und weil Roger viel zu höflich ist, um nachzufragen, fügt er hinzu: »Auf den Brief einer Freundin. Jene, die mich besuchen kam aus Berlin. Aber das ist freilich kein Warten verglichen mit Ihrem.«

»Un seul lettre vous manque et tout est dépeuplé.«

Wense erstarrt vor Rührung. »Sehr wahr.«

Das Lämpchen erlischt und sie machen weiter.

Auf sein Zeichen taucht Nadja die Messteile ins Bad, schiebt nach dreißig Sekunden eines auf den Stromkontakt, doch beim

Abhören der Signale funkt ihm ständig die Übersetzung dazwischen: Ein einziger Brief – wobei lettre auch Buchstabe bedeutet – nur einer muss fehlen, nur ein einziger zu wenig und die Welt scheint menschenleer …

Als sie nach drei Stunden und hundert Messungen wieder gemeinsam auf das Lämpchen warten, ruft er »Ich glaube, eine Übersetzung gefunden zu haben!« und trägt sie vor.

»Nein, être, nicht lettre«, sagt Roger. »Un seul être!«

»Ach …«

»Lettre wäre weiblich, une lettre.«

»Natürlich, wie dumm. Der berühmte Vers von Lamartine.«

»Exakt.«

»Verzeihung, die Müdigkeit.«

»Das zeigt bloß, wie sehr Sie sich nach diesem Brief sehnen.«

»Das stimmt, ich warte immer auf einen, nicht nur auf diesen. Für mich ist es immer einer zu wenig. Im Grunde auch immer ein Buchstabe zu wenig.«

Roger schaut verständnisvoll. Vielleicht ist es auch nur die Maske des Verständnisses.

»Nur ein Mensch muss dir fehlen«, sagt Wense, »und die ganze Welt ist leer.«

Das Lämpchen erlischt und sie beginnen mit dem Durchgang bei minus 50.

Nachdem sie das Geschlürfe der Kantine hinter sich gelassen haben, setzt er sich mit Professor Nohl in den Bus.

»Ich habe gestern Ihren Essay über das Stehen noch einmal gelesen. Er ist dem über das Schaukeln ebenbürtig, und Sie wissen ja, was ich von diesem halte. Nun habe ich aber eine eher banale Frage, weil Sie sich so gegen das Sitzen aussprechen oder es doch zumindest ablehnen beim Dichten. Dichten Sie denn wirklich nur am Stehpult?«

»Als ich das schrieb, besaß ich noch eines.«

»Und jetzt?«

»Jetzt dichte ich nicht mehr.«

»Was ist mit Ihren Nachdichtungen?«

»Die sind allenfalls das verkürzte Dichten. So wie das Sitzen das verkürzte Stehen ist.«

»Und das verlängerte Stehen ist das Gehen«, ergänzt Nohl. »Das schreiben Sie doch, nicht?«

Wense ist beschämt, fühlt sich von Spitzeln umzingelt und schaut hinaus, auf die Schlange vorm Pförtnerhäuschen. Roger entdeckt er, als sie durchs Tor fahren, nicht.

Alles leer.

Es quält ihn, erst zur Pension zu gehen, obwohl bei Vitzthums, auf der Anrichte, möglicherweise Post auf ihn wartet. Umgekehrt käme er allerdings noch später zur Ruhe, und es könnte ja auch sein, dass Heddy mal wieder seiner Mutter geschrieben hat. So ein scheinbar lieber Brief an sie, der aber vor allem keiner an ihn ist und aus seiner Mutter, die ihn nichtsahnend vorliest, die Vollstreckerin der Strafe macht.

»Ich habe schlechte Nachrichten, Bubsel, es kam ein Telegramm.«

Er hält sich an der Türklinke fest.

»Von Käthe.«

Sein Herz beruhigt sich wieder.

»Sobald Argentinien in den Krieg eintritt, will sie ihre Zahlungen einstellen.«

»Verstehe.«

»Das verstehst du?«

»Dort hat sie ihre Plantagen.«

»Ja, und? Die paar Plantagen. Sie ist eine geborene Roth!«

Peter hat sich inzwischen an die Tür gestellt, bereit zum Spaziergang. »Er steht da, als gingen wir gleich exerzieren«, sagt Wense.

»Nimm mich mit an die Luft, ich ersticke sonst.«

Er hilft ihr in den Rollstuhl und schiebt sie in den Park, Peter trottet nebenher.

Sie will wissen, wie viel er auf seinem Sparbuch habe, und verrenkt sich fast den Hals, als sie hört, dass ers aufgelöst hat.

»Warum?«

»Weil ich es verabscheue. Außerdem musste ich den Arzt und die Medikamente bezahlen.«

»Brauchst du etwas?«

»Nein.«

»Könnte dir Heddy nicht mehr schicken, jetzt da sie geerbt hat?«

»Sie meldet sich ja nicht. Und wie sie erzählte, ist es viel Arbeit. Über 200 Wohnungen sind zu verwalten.«

»Und Hedwig?«

Wense betrachtet die abgemagerte Gestalt seiner Mutter, fragt umgekehrt, ob sie etwas brauche.

Einzige Antwort: »Mir geht es um dich.«

»Du darfst dem Hund nicht so viel abgeben.«

Darauf gibt sie ihm überhaupt keine Antwort.

Und dann doch: »Du wirst es bereuen, wenn er beim Spaziergang tot liegenbleibt.«

Wense blickt hinter sich.

»Noch ist er lebendig.«

Aber in Wahrheit fehlt von ihm jede Spur.

»Warum hältst du an?«

»Damit er uns wieder einholen kann.«

»Dreh um, ich habe Kopfweh.«

»Ich dachte, du bräuchtest Luft?«

»Ich hatte Luft. Und du brauchst Schlaf. Dreh bitte um.«

»Wie du möchtest.«

Genau fünf Sekunden dauert es, bis sie fragt: »Wo ist er? Peter!«

Und da springt er aus dem Busch mit etwas im Maul.

»Oh, pfui! Nimm es ihm weg!«

Doch er hat ihr die Beute schon vor die Füße gelegt.

»Was ist es? Nein, sag nichts, ich will es nicht wissen! Nur weg, weg!«

»Siehst du, selbst er meint, du solltest mehr essen.«

»Ich esse, ich esse. Jeden Tag eine Todesnachricht.«

»Wen hat es jetzt getroffen?«

»Du kanntest ihn nicht. Ein alter Freund deines Vaters.«

Nur einer, der fehlt, oder eine oder eines, un seul être, manchmal auch nur ein Ding, eins zu wenig, und alles ist leer. Und eins würde reichen, um die Leere zu füllen, ein einziger Stein, und du hättest Gebirge! Ein einziges Einzelstück, und dein Laden wär voll! Aber solang eins fehlt, ist alles nichts. Alles weniger eins ist null.

Die Haustür öffnet sich von selbst.

»Mein Mann erwartet Sie schon.«

Frau Vitzthum führt Wense ins Wohnzimmer, wo sie gleich wieder umkehrt, um etwas zu holen.

Der Graf auf dem Stuhl: »Sie sehen erschöpft aus.« Und wirkt dabei selbst am erschöpftesten. Er weist ihm den Platz neben sich zu. »Sind welche geflohen? – Gut. Reden wir über das Eigentliche, Ihre Materialien.«

Seine Frau und er würden gern mehr Platz für ihn schaffen, seien nun aber gezwungen, weitere Zimmer freizugeben wegen der vielen Obdachlosen. Ein Student aus Kassel werde bald einziehen.

»Was für ein Student ist es denn?«

»Einer aus Kassel«, sagt Frau Vitzthum beim Abstellen der Gläser.

»Das weiß Herr von der Wense schon.«

Sie setzt sich, und weil nur Schweigen folgt, wiederholt Wense die Frage.

Schulterzucken vom Grafen. Sie guckt woanders hin.

»Kam Post für mich?«

»Kam Post für Herrn von der Wense?«

»Ich lege alles auf die Anrichte. Wenn auf der Anrichte keine liegt, kam keine.«

Die Standuhr schlägt los, derart behäbig, dass es ihm den Schweiß auf die Stirn treibt, vier, fünf, sechs, sieben, acht, neun. Gutnacht will er sagen. Doch die beiden machen einen so traurigen Eindruck. Zur Aufheiterung erzählt er von seiner Begegnung auf dem Jungfernsitz der Münchhausens. Beim Wort Albinoforscher verzieht der Graf das Gesicht, Wense korrigiert sich sofort: »Ein Zoologe!« Und spricht mit Schwung von den Maulwürfen.

Sie ist amüsiert, er hingegen winkt ab. »Keine Geschichten über Viecher, bitte, ich bin nicht der Milbenvitzthum.«

»Milbenvitzthum?«

»Sie kennen ihn nicht? Sonst kennen Sie doch alles. Mein Vetter Hermann, der Milbenexperte. Er ist voriges Jahr gestorben. Sein letztes Buch ist gerade erschienen. Da liegt es, ein Beitrag zu Bronns *Tierreich*. Nehmen Sie es, wenn Sie wollen.«

Wense schlägt die Titelseite auf: *Acarina* ...

»Tausend Seiten über zigtausend Spinnchen, er wollte sie alle erfassen. Beinah wäre er fertiggeworden.«

»Immer wenn man denkt, man sei fertig, kommt noch was angekrabbelt«, sagt Frau Vitzthum.

Er ist entzückt von diesem Satz, hätte er ihr gar nicht zugetraut, auch der Graf wirkt überrascht.

»In Sachsen gibt es einen Käse, der mit Milben hergestellt wird«, sagt Wense.

Sie guckt schockiert. »Steht das im Buch?«

»Nein! Ich war selbst dort, in Würgwitz. Verzeihung, Würchwitz.«

Der Graf bleibt ernst. »Hermann war ein Pionier, seine Forschung von unschätzbarem Wert für die Parasitologie. Dennoch hat er keinen ordentlichen Posten gefunden. Die Familie musste ihn unterstützen. Er ist an Pneumonie gestorben, nur zwei Jahre älter als ich.«

»Hm.«

»Ursprünglich Jurist.«

Wense blättert weiter, um die Stille zu überbrücken.

»Sie können es hierlassen, ich wollte es Ihnen nicht aufdrängen.«

»Haben Sie nicht. Ich möchte es mir sehr gerne ansehen.«

6

Bevor der Spiritus abgelassen und ersetzt werden kann, müssen die Eichbäder gereinigt werden. Nadja und Galina holen die großen Siebe und hängen sie hinein, Roger und er verschließen die Wannen und schalten den Umwälzer an. Es beginnt zu rumoren.

»So, in der Zeit können wir Eis machen.«

Nebenbei spricht er von seiner gestrigen Bettlektüre. »Es krabbelte mich überall, trotzdem konnte ich nicht aufhören. Eine monströse Vielfalt an Formen und Fähigkeiten.«

»Auch wir haben Wanzen«, sagt Roger.

Wense belässt es bei dem Missverständnis.

Später, beim Abendessen, erzählt er Nohl davon.

Der tupft sich ungerührt Mund und Bart ab, und als er deshalb schnell das Thema wechselt, die Farbenpracht der Milben rühmt, unterbricht er ihn grob: »Bleiben Sie bei Ihren Themen. Was ist mit dem Stab?«

Die Frage verfolgt ihn bis zu seiner Mutter.

Er kann ihr gar nicht zuhören, sieht immer nur ihren Gehstock, der an der Wand lehnt, und denkt an seine Notizen zum

Stab des Papstes, zu den Stäben der Hirten und Bischöfe, zu den sogenannten Staben aus erkalteter Lava ...

»Aber du bist doch eben erst gekommen?«

»Ich muss, Mutter, ich will noch etwas arbeiten.«

Mit einem Stab reicht man weiter, man kann in der Tiefe tasten, auf dem Grund des Gewässers, und sein Floß, seine Gondel, seinen Kahn abstoßen. Man kann ihn als Maß nehmen und die ganze Welt vermessen oder an die Tafel zeigen oder zu den Göttern. Er ist ein Riesenfinger, ein Wichtigmacher. Mit ihm kann man andere fernhalten oder vor sich hertreiben. Schnell wird er zur Waffe, später zum Zepter. Hinter Gittern hält man zwei Stäbe auf einmal. Sonst tut man das selten, außer man trommelt oder isst mit Stäbchen. Aneinander gerieben können sie Feuer entfachen, darauf kocht man und rührt – ja, womit? Das Ferkel dreht sich am Stab wie am Spieß. In den Boden gerammt, markiert er eine Stelle, Besitz. Mit einer Fahne wird er zum Mast, mit einem Segel auch, mit einem Laken zum Zelt, mit einem Opfer zum Pfahl. Wenns wehtut, kann man draufbeißen, er ist stabil. Man kann sich hochziehen, wenn seine Enden gleichauf liegen. Das Huhn sitzt schon oben wie auf der Stange. Durch die Erde gezogen wird er zum Stift, unter die Sonne gestellt zur Sonnenuhr, unter etwas Schweres gesteckt zum Hebel. Auf einem Hubbel beginnt er zu wippen, und von der Wippe ist es nicht mehr weit bis zur Waage. Er hilft das Gleichgewicht zu halten. Wirft man ihn fort, bringt ihn der Hund wieder. Trotzdem ist er kein Stock. Einen Stock kann man finden, einen Stab muss man erwählen! In Kinderhänden wird er zu allem Möglichen, in Schamanenhänden zu allem Unmöglichen. Es lässt sich mit ihm aber auch Teig ausrollen, denn er ist eine Walze, ein breitgezogenes Rad, rollt und rollt weg, wenn man nichtsahnend auf ihn tritt. Nach dem Sturz dient er als Stütze. Spitz ist er Speer, klein ist er Zahnstocher, noch kleiner Bacillus. Er hat eine eindringliche Form, eine sinnfällige. Doch ab welcher Länge ist er einer, ab welcher keiner mehr? Der Stabhochspringer schwingt sich mit ihm in die Höhe und über diesen anderen Stab, der da zwischen diesen zwei anderen Stäben liegt. Stange und Latte – derbe Wörter! Er war das erste Werkzeug, das erste Symbol! Auch die Buchstaben waren ursprünglich Stäbe, die Zahlen sowieso. Einst lagen sie im Sand als greifbare Striche, als Schrift vor der Schrift, Formel vor der Formel. Er war die erste Eins, das Loch die erste Null. Zusammen mit einem Kiesel ergaben sie die erste Golfausrüstung.

7

Die Eichmaschine setzt das Messteil von ganz allein unter Druck, sie prüft das Barometer auch von ganz allein und zeichnet dazu eine Kurve. Wense spürt sein Hirn schrumpfen, während der Tintenzeiger übers Papier schwingt, tick, tick, knack, und das Blatt springt ab. Jetzt nur noch mit dem Eisenlineal nachmessen und die Ergebnisse auf dem Eichblatt eintragen und mit den Sollwerten vergleichen, an zwanzig verschiedenen Punkten, Luftdruck zunehmend, abnehmend, zuletzt streicht Galina alles durch und schreibt daneben: defekt.

»Gut«, sagt er.

Er schaut auch Nadja über die Schulter und setzt sich wieder neben Roger, der Temperaturkurven zeichnet. Das Lineal liegt wie ein Musikinstrument in seinen Händen. Sein präzisionsgrüner Blick fixiert die Zahlen. Auf seiner Wange ein dunkelblondes Barthaar, das der Rasierklinge entgangen ist.

»Zwischenstand?«, ruft Hetzel herein.

»150 bis Dienstschluss.«

»150?«

»Wir tun unser Möglichstes.«

Hetzel klopft mit seinem Holzbein gegen den Türrahmen und verschwindet im Flur, und sie versinken wieder in der Arbeit.

Die Zahlen auf dem Kurvenlineal sind so winzig, mit der neuen Brille fällt es ihm schon leichter, trotzdem brennen und tränen seine Augen. Roger scheint das Problem nicht zu kennen, echte Physikeraugen. Oder doch das Alter, das Alter spielt sicher eine Rolle, aber Nohl übertreibt, keinesfalls wirken sie wie Vater und Sohn.

Roger zeigt auf die Uhr.

Wense gibt ihm zu verstehen, dass sie noch weitermachen müssen.

»Und der Bus?«

»Egal.«

Auch die Frauen bleiben konzentriert, allerdings nur für zehn Minuten, danach fangen sie an zu reden, wollen gehen. Er stellt sich ihnen in den Weg, erklärt die Situation.

»Halb sechs! Halb sechs!«, ruft Nadja.

Sie wissen genau, dass er sie nicht länger arbeiten lassen darf, Galina droht sogar, es zu melden. Was für eine naive Arroganz!

»Dann bitte.« Er tritt beiseite.

Roger besteht darauf, zu bleiben, um beim Aufräumen zu helfen.

Wense fasst ans Eis, kühlt sich mit den Händen das Gesicht, drückt die Ballen auf die Lider. Helle Flecken schwimmen im Dunkel, formen Muster auf seiner Netzhaut.

»Wir tanzen doch nicht.«

Verschwommen sieht er ihn vor sich.

»Möchten Sie wandern?«

Sie verabreden sich für Sonntagmorgen.

Der Wind kühlt ihm die Stirn auf dem Weg in die Stadt, in die Gaststätte will er nicht mehr, nur Ruhe, aber seine Mutter zu besuchen ist Pflicht.

»Ich habe furchtbare Kopfschmerzen.«

»Wie ich.« Sie bietet ihm den Rest ihres Eintopfs an, den er mit links löffelt, um die stechende Schulter zu schonen. Es schmeckt und macht satt, doch das Stechen wandert den Arm hinab und die Masse im Bauch erhöht den Schädeldruck.

Als er schließlich zuhause in seinem Zimmer ist, kommt er sich wie eine Sonde vor: mit pulsierenden Schmerzen als Morsezeichen. Ihm fehlt bloß noch die Formel, um die Geschwindigkeit zu errechnen, mit der er sich von sich selbst entfernt.

Er schluckt zwei Tabletten und ein Pulver, zieht den Wecker auf und legt sich ins Bett.

Unter seiner Brust, in der Matratze, beginnt es zu schwingen, die Metallfedern wirken wie Stimmgabeln, sie übertragen seinen Puls aufs Bettgestell, auf den Boden, aufs Haus, ganz Göttingen vibriert.

Wenn sich doch Rogers ruhige Hand auf sein Epizentrum legen würde, wenn er doch beschwingt wäre vom Schlag seines Herzens. Stattdessen wirkt das Metall zurück auf ihn und er wiegt sich im Hall der eigenen Pumpe.

Taku hei piripiri, taku hei mokimoki singen die Maori als Wiegenlied. Sie schaukeln, wenn sie traurig sind. Die Letten schaukeln zwischen jungen Birkenstämmen und singen roto roto, dreh dich, dreh dich, und die alten Bulgaren hatten sogar eine Drehschaukel, auf der sie, wie die Letten, der Sonnenwende entgegenschwangen. Schon die alten Griechen hatten ein Schaukelfest, Aletis hieß ihr Schaukellied, und die alten Römer ließen Puppen und Masken schwingen, ähnlich wie die Inder es mit Bildern von Krishna-Vishnu tun. In den ältesten indischen Opferhymnen ist die Sonne mal Schauklerin, mal die Schaukel selbst. Bei den Jaina schaukelte früher der Priester, während er das große Gelübde sang, und auf Sumatra wurde die singende Priesterin von ihren Dienerinnen angestoßen. Auf Borneo sangen die Dajak zu zwölft auf der Hochschaukel, um die Geister gütig zu stimmen. Und die Tinneh in Nordamerika stießen einen Jüngling an, der kopfüber am Seil hing, mehr Pendel als Schaukel. Wie die Radiosonde. Am Ballon pendelnd steigt sie auf, in ihr aber schaukeln die Windungen des Getriebes. Sie ist Messinstrument und Metronom zugleich, ein Meteoronom. Es tickt über den Wolken, zerhackt die Zeit, jede Sekunde ein Scheit. Scheit für Scheit brennt die Zeit vor der Sonne. Jetzt ist es so weit, jetzt schrillt wieder die Feuerglocke.

Wense streckt sich, um den Wecker auszuschalten.

Aber es geht nicht, sein Arm ist ganz steif.

Mit links haut er ihm zwischen die Glocken.

Hinterm Stadtwall stehen die Laternen wie Leuchttürme zwischen den dunklen Wellen der Äcker. Es macht ihn seekrank, er muss gleichmäßig atmen, muss versuchen, seinen Kurs zu halten von Licht zu Licht.

Auf einmal stößt ihn was und ein Fahrrad rasselt vorbei, der Fahrer kann sich gerade noch abfangen, ein Kahlkopf im weiten Überwurf, er tritt sofort wieder in die Pedale, mit nackten Füßen, nackten Beinen, seine bleichen Backen unterm wehenden Stoff. Ein Geflohener aus der Irrenanstalt?

Wense schaut hinter sich, doch nirgends Verfolger.

Er sieht den Mann davonziehen, schon fern, schon fort. Und plötzlich merkt er: die Übelkeit auch.

»Heute Morgen hat mich ein Engel gestreift«, sagt er mittags in der Kantine.

Roger kann ihn in dem Geschlürfe nicht verstehen.

»Un ange! J'ai été touché par un ange!«

Das haben nun auch die anderen Franzosen am Tisch verstanden und gucken einander an, verkneifen sich das Lachen. Dem einen kommt die Suppe aus der Nase, und da prusten alle los, husten und kichern.

Ob die Suppe so wenigstens nach was schmecke, will einer wissen.

»Même pas.«

Selbst unter Nohls Bart ist ein Lächeln zu erkennen.

Als sie wieder in die Abteilung kommen, sind Nadja und Galina schon an ihren Plätzen und zeigen sich irgendwelche Kärtchen, Bildchen. Er will sie nicht aufscheuchen, fünf Minuten haben sie noch, aber dann erkennt er, was es ist: kommunistische Propaganda, bei offener Tür!

Sie glotzen ihn an, verstecken das Zeug nicht einmal.

Er schaltet den Bunsenbrenner ein und zeigt auf die Flamme.

Nadja spuckt ihm ans Hosenbein. »Dich erschießen sie zuerst!«

Nun hat er keine Wahl mehr.

Sie folgen ihm schimpfend durch den Flur, bis in Hetzels Büro.

Der entscheidet sofort.

Eine Woche lang sollen sie kein Brot bekommen.

Am Abend, nach dem Aufräumen, trommelt Roger auf den Deckel des verschlossenen Eichbads. Wense macht das Licht aus, öffnet die Tür allerdings noch nicht.

Sie verharren nebeneinander im Stillen.

»Ich freue mich auf Sonntag.«

»Ja«, sagt Roger, aber ohne Überzeugung.

»Haben Sie noch Lust? Seien Sie ruhig ehrlich, falls Sie keine Lust mehr haben.«

»Könnten wir essen, bevor wir aufbrechen?«

»Es ist nicht gut, mit vollem Magen zu wandern. Es bliebe dann auch zu wenig Zeit. Meine Mutter wird uns anschließend schon mit einer Köstlichkeit erwarten.«

»Ich fürchte, ich bin zu schwach für große Wanderungen. Wenn der Hunger mich lässt, schlafe ich.«

Wense greift nach seiner Hand.

»Kommen Sie Sonntag einfach zum Mittagessen. Vielleicht machen wir danach noch einen Spaziergang.«

Die Wolken türmen sich hinter Nohls Kopf, hinter dem Busfenster türmen sie sich, und sein Bart, die finsterste Wolke, zittert bei jeder Erschütterung, bei jedem Wort: »Persönlichkeit, Gemeinschaft, Dienst. Das sind die Schlagworte.«

»Wofür?«

Er schaut Wense böse an. »Langweile ich Sie?«

»Nein!«

»Warum hören Sie mir dann nicht zu?«

»Ich höre, aber ich bin müde.«

Als sie ausgestiegen sind, setzt er neu an: »Jede pädagogische Bewegung verläuft in drei Phasen. Das Schlagwort der ersten lautet Persönlichkeit, das der zweiten Gemeinschaft und das der dritten Dienst. Haben Sie jetzt zugehört?«

Beim Gang über den Marktplatz wird sein Tonfall sanfter, vertraulicher. »Dass unsere Jugend den Dienst als etwas Sakrales sieht, ist begrüßenswert, doch das Heroische wird überbetont und ausgespielt gegen das Bürgerliche. Wir müssen beides verbinden. Wir müssen zum Staat erziehen, aber nicht zur Partei, zur Wissenschaft, aber nicht zum System, zur Religion, aber nicht zur Konfession.«

Wense bemüht sich, aufmerksam zu bleiben. Plötzlich hört er: »Man wird mich entlassen«, und bleibt erschrocken stehen.

Nohl packt ihn an den Schultern: »Ich wurde mit der Herausgabe von Diltheys Gesamtwerk betraut, ein Staatsauftrag!«

Wense windet sich vor Schmerz. »Ich freue mich, es ist nur meine Schulter.«

»Waren Sie beim Arzt?«

»Kein günstiger Moment.«

»Gehen Sie, Sie sind unverzichtbar für das Werk.«

»Offiziell noch nicht. Was mich mehr sorgt, ist die Stadtwacht. Ich halte das nicht aus, zwei Mal in der Woche. Heute muss ich wieder hin.«

»Schreiben Sie einen Befreiungsantrag und lassen Sie den Werksleiter unterzeichnen.«

»Ich werde es am Wochenende erledigen. Zuerst aber muss ich diese Nacht überstehen.«

Der Himmel ist gestreift vom Licht der Flakscheinwerfer, gestreift, kariert und gefleckt. Die Flecken gleiten an der Wolkendecke entlang, die sich an einer Stelle langsam öffnet.

»Gleich hagelts Sterne«, sagt Fiedler.

Die Pistole wiegt schwer, während sie durchs Viertel patrouillieren.

»Ich will schon gar keine Sterne mehr sehen, da denk ich immer gleich ans Schlimmste.«

Er erzählt irgendwas vom Luftschutzkursus, von Gasmasken, Verdunkelung und dann von den vierzig englischen Offizieren, die im März aus dem Duderstädter Lager ausgebrochen sind.

»Drei von denen laufen immer noch frei rum.«

In der Wolkenluke nichts, nur Schwärze. Wense spürt ihre Tiefe, den fernen Sog der Spiralgalaxien, die ihn anziehen und ein wenig erleichtern, sogar ein klein wenig anheben, fast geht er auf Zehenspitzen!

Als es ihn mit einem Schlag umreißt.

Jemand schnauft in sein Gesicht.

»Mensch!«

Es ist Fiedler, der auf ihm liegt.

»Um ein Haar!«

Er hilft ihm wieder hoch und zeigt vor seine Füße, wo die Sprossen einer Leiter aus der Straße ragen. Eine Baugrube.

»So darf man im Krieg nicht fallen!«

Seine Beine schlottern.

»Haben Sie Ihre Waffe noch?«

Das Schlottern wird immer schlimmer bis Dienstschluss, und als sie dann auf die anderen treffen, meldet sich Wense schnellstmöglich ab, denn bestimmt wird Fiedler gleich alles erzählen.

Aber niemand spottet hinter ihm, nichts Böses ist zu hören, und er dankt seinem Retter im Stillen.

»Hans Guck-in-die-Luft!«

Er hat ihn doch richtig eingeschätzt.

»Von Guck-in-die-Luft!«, schallt es durch die Gassen.

»Hans Jürgen von Guck-in-die-Luft!«

Unter der Bettdecke beruhigen sich seine Beine, doch sein Kopf schmerzt dermaßen, dass ihm übel wird und er aufstehen muss, um sich nicht zu übergeben. Die Dielen knarren so schrecklich und das Zimmer ist so stickig. Er nimmt alle Tabletten und das Pulver und schafft sich hinaus.

Keine Lampe, kein Fensterspalt, kein einziges Sternchen, selbst die Augen der Katzen wurden verdunkelt, nur noch der Luftschutzmond glimmt dumpf hinterm Vorhang, kaum genug, die kleinen Schatten zu erkennen, die durch den Rinnstein huschen.

Andere, noch kleinere, hängen an der Wand, Nacktschnecken vielleicht. Er lehnt sich gegenüber an für den Fall, dass das Schlafmittel doch noch wirkt. Dann wird er abgleiten und hinsacken, dasitzen in der Früh wie ein Obdachloser. Aber er hat seinen Ausweis dabei.

Die Schnecken kriechen quer, eine steil hinauf, Zentimeter um Zentimeter, Meter um Meter, bis sie schließlich abstürzt und aufklatscht wie ein Tropfen.

Endlich kommt der große Schatten, auf den er gewartet hat, aus dem Hauseingang und geht die Straße hinab, ohne sich umzudrehen, ohne den größeren, viel größeren Schatten zu bemerken, der ihm folgt und ganz nah kommt, als er die Apotheke aufschließt.

Das Türglöckchen bimmelt.

»Erschrecken Sie nicht.«

»Warum sollte ich?«, sagt der Apotheker mit seiner Greisenstimme.

Er schaltet das Licht an und begibt sich gemächlich hinter die Theke. Und da erst, mit gerümpfter Nase, zusammengekniffenen Augen, die Brille zurechtrückend: »Ach, Sie sind das!«

Er scheint sich richtig zu freuen.

»Ich finde keinen Schlaf vor Schmerzen, die Mittel helfen nicht.« Wense tischt sie ihm alle auf.

Der Apotheker schiebt die Brille etwas tiefer. »Jaja, ich erinnere mich, ich kenne Ihre Leiden. Da stehen wir nun aber vor einem Problem. Etwas Stärkeres zur Entkrampfung gibt es meines Wissens nicht.«

»Nein, dem Darm geht es besser, der Kopf!«

»Kopfschmerzen?«

»Auch die Schulter, aber der Kopf vor allem. Es ist unerträglich.«

Der Apotheker tippt sich auf die Lippen, zieht irgendwo eine Schublade auf, bringt ein winziges Fläschlein zum Vorschein. »Selbst erfunden und erprobt. Zwei Tropfen auf die Zunge und ab in die Federn! Da hören Sie dann allerdings auch keinen Alarm mehr.«

Wense nimmt es dankbar entgegen. »Und am Tage?«

»Was, am Tage? Nichts am Tage. Die Mittel, die Sie haben, sind ausreichend.«

»Etwas muss es geben.« Er zeigt ihm Geld.

»Machen Sie sich nicht lächerlich!« Der Apotheker zieht eine andere Schublade auf. »Haben Sie gefrühstückt?« Und noch bevor Wense antworten kann: »Hand auf!« Er gibt ihm zwei Pillen. »Die eine heute, keinesfalls auf leeren Magen, die andere morgen früh oder spätnachts, wenn es gar nicht anders geht. Und dann gehen Sie am Montag zum Amtsarzt und verlangen ...« Er schreibt es murmelnd auf und schiebt ihm den Zettel zu.

Als wären Spinnchen in seinem Hirn, Gehirnmilben, und in der Nasenspitze Ameisen.

»Wie fühlst du dich?«, fragt seine Mutter.

»Wie ein Insektennest. Aber besser.«

Der Ball ist ganz feucht vom Sabber, Wense will ihn schon gar nicht mehr nehmen, aber Peter, obwohl er so schwach ist, zwingt sich ja auch. Also stupst er den zerkauten Ball mit dem Fuß, so dass er durchs Zimmer eiert. Peter folgt, legt sich jedoch nur daneben.

Seine Mutter auf dem Kanapee, ins Stricken vertieft, die Nadeln klicken aneinander und gegen den Fingerhut. Er ist so ein poetisches Ding, der Hut für den Finger, kleiner Stahlhelm. Wäre er wacher, würde er sofort etwas dazu schreiben oder Klavier spielen mit einem Hut auf jedem Finger, und seine Mutter könnte die Nadeln schwingen, gegen den Takt.

Jetzt kommt Peter doch wieder, dermaßen keuchend, dass ihm der Ball aus dem Maul fällt.

»Oh je«, sagt sie. »Ob unser Peterchen das überstehen wird?«

»Sicher. Weiß du noch, als er tot war?«

Sie schüttelt sich angewidert. »Ich dachte, der Reifen hätte ihn zerteilt. Ich dachte, er bräche entzwei, als du ihn aufhobst.«

»Ja, aber als wir ihn dann zuhause ablegten, streckte er sich sooo in die Länge!«

»Nach seinem Knochen.« Sie lächelt Peter zu, der Richtung Körbchen tapst.

»Und was müsste man für dich tun?«

Er versteht nicht, was sie meint.

»Damit du wieder lebendig würdest.«

»Du könntest etwas für mich schreiben. Die Schulter hindert mich.«

Sie legt das Strickzeug beiseite und macht sich bereit.

Als sie hört, dass es um seine Befreiung von der Stadtwacht geht, freut sie sich, lobt jeden Satz. »Das müssen sie akzeptieren, es bleibt ihnen gar keine Wahl.«

Danach diktiert er ihr noch zwei Briefe, einen an Hedwig und einen an seinen Freund Dr. Schliephake, nach dessen Ultrakurzwellentherapie er sich sehnt.

»Und Heddy?«

»Sie soll erst mal antworten.«

»Und Heinrich?«

Er versucht, sich nicht anmerken zu lassen, wie sehr ihn die Frage überrascht. »Wir haben uns zerstritten, endgültig.«

Sie nickt und räumt das Schreibzeug weg.

Dass sie überhaupt noch an Heini denkt, wundert ihn, den konnte sie doch von Anfang nicht leiden. Diese ganze Beziehung ist ihm mittlerweile nur noch peinlich. Sie schaut ihn nicht an, hangelt sich geschickt, ohne Gehstock, von Möbelstück zu Möbelstück. Er ist immer noch unsicher, ob sie weiß, dass er Männer liebt. Eigentlich müsste sie es wissen, zumindest ahnen. Sein Verhältnis zu Heddy hat sie nie wieder hinterfragt, nachdem er gesagt hat, sie seien Seelenverwandte. Nie hat sie ihn bedrängt, und er ist unendlich dankbar dafür. Vielleicht tut sie es aus Rücksicht, vielleicht aus Angst, vielleicht glaubt sie auch, kein Recht zu solchen Fragen zu haben, weil sie jahrzehntelang fort, in den Anstalten war.

Vom Engel auf dem Fahrrad erzählt er ihr lieber nicht.

8

Es ist aufgetragen, duftet, Roger sichtlich glücklich, wenn auch beschämt von Peter, der unter ihm laut und gierig hechelt, das Megaphon seiner wahren Gefühle. Als sie anfangen, knurrt er so, dass man fast nicht zu essen wagt. Kaum hat Roger das erste Stück Fleisch im Mund, schreit er auf und es fällt wieder raus.

Wense muss Peter einen Klaps geben, damit er das Hosenbein loslässt.

Der Hund besteht nur noch aus Zähnen und Gebell.

Selbst aus der Besenkammer ist er noch deutlich zu hören, gibt einfach keine Ruhe, die Nachbarin klopft schon an die Wand. Wense kniet nieder, um Roger zu verarzten, doch der weigert sich, sein Bein zu zeigen, es sei nichts geschehen. Die Nachbarin klopft heftiger.

»Das ist mir furchtbar peinlich«, sagt seine Mutter.

»Immerhin wissen wir nun, dass Sie nicht wirklich taub ist.«

Er trägt das Monster vors Haus und bindet es an.

Danach muss er die Stimmung erst wieder beleben, scherzt vorsichtig über den Riss in der Hose, von der er weiß, dass sie Rogers beste ist, seine Offiziershose.

»Wir werden sie flicken. So lange können Sie eine von meinen haben.«

Er lobt das Buch über Licht und Materie, das ihm Roger empfohlen hat, und sie wechseln ein paar Worte über Physik. Seiner Mutter zuliebe bringt er das Gespräch auf *Madame Bovary*, wozu Roger auch gleich eine Anekdote aus der Schulzeit einfällt, die er ungewohnt witzig vorträgt, mit großen Gesten, verschiedenen Stimmen, sein Akzent, seine Formulierungen sind hinreißend!

Trotzdem schaut sie dauernd weg, nach links und rechts.

»Wo ist Peter?«

»Draußen.«

»Wo?«

»Am Zaun.«

»Dort kann er unmöglich bleiben!« Er soll ihn sofort wieder reinholen, keine Sekunde will sie warten, droht, es selbst zu tun, und stützt die Hände auf die Armlehnen.

Es eskaliert.

Roger schlingt alles hinunter, er sei sowieso schon fertig, habe sich gerade verabschieden wollen. Wense kann ihn nicht zurückhalten und verlässt mit ihm die Pension.

»Ich bringe ihr den dummen Hund und dann gehen wir in den Park.«

Doch nicht mal die Leine hängt mehr am Zaun. Sie muss sich gelöst haben.

»C'est de ma faute.«

»Nein, nein, Sie tragen gar keine Schuld.«

Wense ruft und pfeift, und sie suchen gemeinsam, gehen sogar in den Park. Über Licht und Materie zu sprechen fällt jedoch schwer.

»Nur ein Tier fehlt«, sagt Roger, »und alles ist leer.«

Wense schlägt vor, umzukehren, auch wegen der Hose, was Roger dankend ablehnt und dann seinen Arm berührt. Wense zwingt sich, nicht auf seine Lippen zu starren. Er bekommt kein Küsschen, bloß ein deutsches »Viel Glück«. Und als er die Pension dann wieder erreicht, steht seine Mutter am offenen Fenster.

Er beichtet, erwartet das schlimmste Urteil. Stattdessen Schluchzen. »An dem Hund war doch kaum mehr was dran.« Sie ist überzeugt, dass man ihn verwursten wird.

Er geht die gewohnten Wege ab, zum Bäcker, zum Fleischer, schaut auch in die Baustellen, die unfertigen Deckungsgräben und Bunkerschächte, wo ausländische Arbeiter schaufeln.

Allen Kindern zeigt er das Foto, auf dem er mit Peter im Gras sitzt, und fast alle, besonders die bettelnden, wollen ihn gesehen haben.

Die Erwachsenen reagieren verächtlich, dafür verlässlicher.

»Verzeihung, haben Sie zufällig einen braunen Kurzhaardackel …« Aber da merkt er, wen er vor sich hat. Den Ortsgruppenleiter und die Leiterin der Frauenschaft, beide ganz in Schwarz.

»Wenn er gefallen wäre, wüssten wirs.«

Nach Stunden kehrt er zurück in der Hoffnung, Peter könnte wieder im Körbchen liegen.

»Ach Bubsel, er hat ohnehin gelitten. Jetzt musst du auch nicht mehr um Marken für ihn feilschen.«

Er geht wieder hinaus, gerade rechtzeitig, um drei Nachbarskinder am Gartentor abzufangen. Die Gören wollen sich das Foto nicht einmal ansehen! Nur der Kleinste glotzt mit offenem Mund.

»Du kennst ihn doch, du hast ihn schon mal gestreichelt.«

Und da plärrt er los, die anderen beschuldigen sich gegenseitig.

»Wo ist er hin?«

Sie zeigen die Straße runter.

»Und dann?«

Sie wissen es nicht.

Das Mädchen überreicht ihm sehr ernst die Leine.

»Warum hast du ihn losgemacht?«

»Ich wars nicht, mein Bruder wars.«

»Er hat auf mich gehört! Nur wegen dir ist er weggerannt!«

Wieder zum Bäcker, zum Fleischer, zu den duftenden Gaststätten, zu den Gärten der Villen mit ihren übersättigten Bernhardinern. Er denkt an die Hunde, die auf dem Werksgelände im Müll wühlen, und folgt auch den üblen Gerüchen, inspiziert Misthaufen, Kanalgitter, Sickergruben, besucht jeden Stall, jedes Gehöft, zieht immer größere Kreise um die Stadt, nähert sich der Russenbaracke, der Tschechenbaracke, der Franzosenbaracke, schaut durch den Drahtzaun der Familienbaracke, wo die Knirpse sofort vom Holzkarussell hüpfen und angerannt kommen, weil sie glauben, er wolle ihnen was geben.

Das Gelände der Irrenanstalt ist offen, nicht umzäunt, geradezu idyllisch.

Trotzdem kostet es ihn Überwindung, es zu betreten.

»Peter!«

Er schleicht ums Hauptgebäude.

»Hier!«, schreit jemand.

Aber das ist auch schon alles.

Am See in der Kiesgrube stillen die Vögel ihren Durst, und aus dem Bach schleckt nur irgendein Zottel. Auf dem Weltkriegsfriedhof seltsam viel Betrieb, allerdings keine normalen Besucher, sondern Ostarbeiterinnen. Sie reden vor den Steintafeln, sitzen auf Bänken, schlendern, und plötzlich kommen sie zwischen den Gräbern auf ihn zu, Nadja und Galina, wie Todesengel, bereit, ihn unter die Erde zu bringen!

Er tut, als hätte er sie nicht bemerkt, und kehrt um.

Dass sie sonntags rausdürfen, muss neu sein.

Er nimmt den Weg, über den er mit Peter zuletzt zur Burg Plesse gewandert ist. Am Rand fallen ihm drei Männer auf, die seltsam starr stehen, sehr jung, holländische Abzeichen. Als er sie anspricht, treten sie auseinander.

Vor ihnen liegt jemand reglos auf dem Rücken.

Wense will fragen, was passiert sei, aber dann sieht er es selbst: Nicht weit entfernt ist ein Strommast umgestürzt, Leiter und Werkzeug daneben.

»Sind Sie Arzt?«

Er verneint, hockt sich aber doch zu dem Verunglückten. Ein Mann in seinem Alter, ohne Abzeichen, ein Auge zu, das andre halb offen, ein Finger unnatürlich abgespreizt, ansonsten wie unversehrt, ein leberfleckiges, segelohriges, freches Gesicht.

Er schließt ihm die Lider und setzt seinen Weg fort.

Im Göttinger Wald entscheidet er sich um und steigt auf den kahlen Kamm der Weper, um den Aussichtspunkt zu finden, an dem Heddy das Foto von ihnen geschossen hat.

Seine Rufe schallen so lächerlich ins Panorama.

Alles breitet und weitet, streckt und dehnt sich aus, hebt, neigt, senkt sich. Gekrümmt, geknickt, gebrochen. Aufgestaut. Zugespitzt. Umgestülpt.

Hier lässt er sich gehen.

Drängt zwischen die Blätter, die Zweige, die Ranken, tief ins Gestrüpp, wo er allseits bezupft umherstrauchelt, halb stürzend, halb tanzend bald hängen bleibt, leicht abspringt, sich ausbreitet, schwebt. Hechtet weiter in eine fette Wiese, wälzt sich durchs rauschende Gras die Böschung hinab, kommt schwindelig in einer Mulde zum Liegen, lutscht, leckt, reißt an den Halmen. Jagt, sofort wieder aufgerichtet, dem Taumel nach unter die Bäume, bricht ins Unterholz zu den beschichteten Flächen, reibt sich an Moosen, an Flechten, reibt sie zu Matsch, glitscht über Wurzeln, Steine, Borken. Taucht in einen verwilderten Graben, kopfüber ins Knisternde, Knackende, überschlägt und überschlägt und überschlägt sich darin, hält schlagartig still, rutscht aus sich heraus, in kurzen Intervallen, immer und immer wieder ...

Nur was ist das über dem Rand?

Ein Hundekopf.

Weiter oben ein bärtiges Gesicht: »Guten Tag! Darf man fragen, was Sie da machen?«

»Meinen Dackel suchen.«

»Ach, findet man die beim Purzelbaumschlagen? Nicht? Nein? Na, vielleicht suchen Sie dann besser woanders! Statt hier dem Wild das Dickicht plattzuwalzen!«

9

Vor dem Blick des Amtsarztes käme sich selbst ein Toter wie ein Simulant vor. Wense erzählt ihm von den Kopfschmerzen, von der Schulter. Dass er deshalb schon in Behandlung gewesen sei, in Gießen, bei Doktor Schliephake, Ultrakurzwellen.

Der Arzt nimmt seinen Gelenkknochen wie einen Apfel und spritzt eine klare Flüssigkeit hinein.

»Morgens wärmen, abends schonen.«

Nach der Empfehlung des Apothekers wagt er gar nicht mehr zu fragen und kehrt mit frisch injiziertem Pflichtbewusstsein ins Werk zurück.

Dort stören ihn die Lötkolben, die in der Ecke der Abteilung glühen. Beängstigend, Nadja und Galina mit diesen Geräten zu sehen.

Immer wieder verrutscht ihm das Kurvenlineal.

»Haben Sie ihn gefunden, den Hund?«

Das fällt Roger reichlich spät ein.

Als sie kurz nach halb sechs zur Kantine wollen, wird er von Hetzel zurückgehalten, der mit dem Werksleiter und einigen Kollegen auf dem Hof steht. Er lobt ihn derart überschwänglich, dass es peinlich wird, aber die anderen stimmen voll und ganz zu, so viel Anerkennung von gestandenen Ingenieuren! Und dann bietet der Leiter auch noch an, ihn nachhause zu fahren!

Zu viert steigen sie in seinen Mercedes, Wense darf vorn sitzen, und es ist, als spräche Dr. Leimbach zu ihm ganz allein über die vorübergehenden Stockungen, über die baldige Steigerung der Produktion, über neue Büros, neue Geräte, leistungsfähigere Eichmaschinen.

»Das würde auch größere Verantwortung für Sie bedeuten.«

»Davor scheue ich nicht zurück.«

»Könnten Sie sich vorstellen, für die Firma auch einzukaufen? Sie würden zum Beispiel nach Dresden fahren und Verträge über Geräte abschließen. Es braucht ein wenig Verhandlungsgeschick, aber ich traue Ihnen das zu, Sie haben das Auftreten.«

»Also, wenn Sie es mir zutrauen ...«

Leimbach hält wie gewünscht vor der Pension und reicht ihm die Hand. »Richten Sie Ihrer Mutter meine besten Grüße aus.«

Eigentlich hatte er gehofft, sie würden noch zusammen essen, trotzdem ist er glücklich und geht beschwingt hinein, klopft kräftig an ihre Tür. Etwas zu kräftig, er will sich entschuldigen, aber sie schneidet ihm das Wort ab: »Ein Brief von Heddy!«

Er reißt ihn an sich.

»Der ist von Hedwig. Der Brief ist von Hedwig, Mutter, du hast dich geirrt.«

Ihr Lächeln versackt.

»Das macht nichts, ich habe gute Neuigkeiten!« Er erzählt vom Lob, von Leimbach, den Aussichten.

»Nun öffne doch den Brief.«

Er faltet ihn auf und liest laut vor, ganze drei doppelseitig beschriebene Seiten.

»Hm«, macht sie zum Schluss.

Ja, sonderlich interessant fand er es auch nicht.

Er hockt sich neben den Ofen, um seine Schulter zu wärmen.

»Mir ist sein Horoskop eingefallen.« Sie meint Peters Horoskop, das er vor Wochen erstellt hat. »Nichts wies hin auf den Tod. Was immer passiert, verwursten wird man ihn nicht.«

Er gibt ihr recht und verschweigt, dass er an der Korrektheit von Peters Geburtsdaten zweifelt und die gestrige Nacht mit Neuberechnungen seines Solars zugebracht hat. Stattdessen reden sie über ihre kalten Füße, streiten wegen der Unmengen an Holz, die sie täglich verheizt, obwohl der November erst begonnen hat und ungewöhnlich mild ist.

»Umso besser für ihn«, sagt sie zum leeren Korb.

Wo ist er hin, dieser wirre Hund? Vor Verzweiflung einer Katze, einer Ratte nach? Und als die weg war, dem nächstbesten Käfer?

Verloren im Labyrinth der Spuren.

Wense knurrt selbst der Magen, doch je hungriger, desto näher fühlt er sich ihm und streunt immer matter durch die Gegend. Der Wald liegt dampfend da wie frisch gekochtes Gemüse, Prellsteine im Nebel wie heiße Kartoffeln, der Teich ein Teller Suppe mit eingebrocktem Mond. Nur das Fleisch, die Enten fehlen.

Vielleicht waren die Daten doch richtig.

Zurück bei Vitzthums tastet er in der dunklen Küche nach seinem Frühstück, das unter der Porzellanhaube bereitliegt. Auf der Anrichte zeichnen sich die Umrisse eines Umschlags ab, den er gleich mit ins Zimmer nimmt und unter die Lampe hält. Sein Name steht darauf, sonst nichts.

Ein Wort unter Männern. Es stammt vom Grafen. Er möge doch bitte das Papier auf der Toilette nicht zackig, sondern gerade abreißen. Im Übrigen komme der Student nicht mehr, er gelte als verschollen.

Wense knöpft sich mit links das Hemd auf und streift es von seinem steifen Arm.

Vom andern will es jedoch nicht runter, egal wie er schüttelt und wedelt. Er klemmt einen Teil im Türspalt ein, hofft, dass sich beim Ziehen die Knöpfe verfangen, aber es rutscht immer wieder raus. In der Schublade der Kommode wird es erst recht nicht halten, und das Fenster? Zu hoch. Der Stuhl? Nein.

Ratlos schaut er auf seine kleine Giraffe.

Ihm fällt die einfachste Lösung ein.

Er setzt sich aufs Bett, sodass das Hemd bis auf den Boden hängt, und tritt drauf, zieht. Der klamme Ärmel stülpt sich um, löst sich endlich von seiner Haut. Aber seine Hand bleibt stecken. Die Manschette ist noch zu! Er schafft es nicht, sie mit rechts zu öffnen.

Die Giraffe weiß auch keinen Rat.

Mit verschleierter Hand nimmt er den Wecker zwischen seine Schenkel, um ihn aufzuziehen.

Danach hebt er das Fläschlein über seine Zunge und kippt es ganz vorsichtig, seine Zungenspitze berührt den kühlen, vor seiner Nase schwebenden weißen Stoff.

Als käme das Mittel von einem Gespenst.

10

Das Innere des Nassluftkästchens befeuchten und über das Messteil stülpen, nach fünf Minuten wieder abnehmen und mit dem Lineal prüfen, ob sich das Haar verlängert hat. Es ist am Hygrometer aufgespannt wie eine Saite, muss exakt gestimmt werden, ohne Spiel. Eine relative Feuchte von 95 Prozent.

Das Auge tränt und tropft ins Nassluftkästchen.

Er überlässt es Roger und den Frauen und berechnet lieber Kurven.

»Wense! Kommen Sie mal mit zu Herrn Dr. Leimbach.«

Dem Ton nach wird es kein Lob sein.

Er folgt dem humpelnden Hetzel, der nicht auf ihn wartet, sich nicht nach ihm umdreht. Nun ist es also passiert. Wahrscheinlich muss eine ganze Sondenreihe eingestampft werden, weil seine Abteilung geschlampt hat.

Als sie das Büro betreten, sind die anderen Abteilungsleiter schon da, Leimbach steht halb abgewandt, diktiert seiner Sekretärin, und im nächsten Moment ruft er: »So, Sie haben es gehört.«

Wense blickt Hetzel verständnislos an.

»Materialmangel«, flüstert der. »Totaler.«

Und auf dem Rückweg: »Frühstens im Dezember können wir weitermachen.«

»Das heißt ...«

»Urlaub. Ab morgen. Nur verreisen dürfen wir nicht. Räumen Sie nachher alles auf, aber sagen Sie Ihren Leuten nichts, auch nicht Missiö. Was mit den Franzosen wird, ist noch unklar.«

Zurück in der Abteilung gibt er vor, wegen fehlerhafter Leistungen ermahnt worden zu sein, um Nadja und Galina anzutreiben. Später offenbart er Roger die Wahrheit und verspricht, ihn zu besuchen, wo auch immer er dann arbeiten muss.

Nachhaus wie ein Pfeil mit dem Schlüssel als Spitze – wenn Frau Vitzthum jetzt aufmacht, wird sie durchbohrt!

Er schießt an den Schreibtisch und macht weiter, wo er aufgehört hat, mit links blätternd in den Büchern, in den Mappen, Altirisch, Altarabisch, Altchinesisch unter Tränen, halb blind tippend auf der Schreibmaschine, halb blind und mit links, ein neues Blatt einzuspannen ist eine Qual.

So wird das nichts.

Wenn er diese Zeit nutzen, auch wandern will, muss er sich erst mal erholen.

Zwei Tropfen, zwei kleine Tröpfchen genügen.

Was bleibt, ist die Morphologie seiner Bettdecke, ihre Kämme und Sohlen, ihre Kerbtäler. Seine Finger gleiten darüber wie Funksehwellen, wandernde Thermometer, ihnen entgeht keine Tiefe, keine Erhebung, keine Schwankung der Temperatur, kein einziger kitzliger Fussel.

11

Der Pelz, den ihm sein Onkel aus Amerika vermacht hat und der angeblich von Indianern stammt.

»Den könntest du anziehen.«

»Lieber sterben«, sagt seine Mutter.

Er setzt sich zur Belustigung die alte Schlafmütze mit dem Troddel auf. »Was soll dieses Pendel am Kopf überhaupt?«

»Modischer Schmuck.«

»Könnte Thema einer Studie sein: Über die weltweiten Ursprünge und Ableger der Troddel und über ihre mannigfachen Bedeutungen. Vom Behang der Schamanen und Könige zum Behang des schläfrigen Kleinen Mannes. Ein Traumfänger.«

Er spürt ihn im Nacken schwänzeln, während er weiter in der Kleidertruhe gräbt.

»Findest du sie nicht?« Aber da zieht er ihre Winterstiefel endlich heraus, und sie klatscht in die Hände, als wärs ein Kaninchen.

Sie sind wirklich mit Kaninchenfell gefüttert.

»Darin wirst du keine kalten Füße mehr haben.«

»Hoffen wirs.«

»Ja, hoffen wirs.« Wenn sie demnächst kein Holz mehr hat, muss sie selbst sehen, wo sie bleibt.

Er zieht ihr die Stiefel an und führt sie zurück an den Tisch, wartet, dass sie den Stift nimmt.

»Wir können fortfahren.«

Er diktiert ihr in Stichworten den Zusammenhang zwischen Wackenroders Wanderung nach Bamberg und dem Panslavismus, außerdem, Buchstabe für Buchstabe, ein Gedicht des irischen Barden Lenin und noch eine kleine Anmerkung zum Organisten Matthias Weckmann, auf dessen Biographie er gestern in der Bibliothek gestoßen ist.

Danach brüht er Kräutertee auf und zeigt ihr die schwedischen Kommentare zu den Kassiden von Imru' al-Qais. »Wenn du diese übersetzen könntest, das wäre von höchstem Wert für mich. Es drängt leider, weil die Bestände ausgelagert werden. Sie schaffen fast alles nach Volpriehausen ins Salzbergwerk.«

Sie verspricht, gleich nach der Teepause anzufangen.

Er schaltet das Radio ein und lehnt sich mit seiner Tasse zurück, und dann schwappt es ihm heiß in den Schoß.

Berlin wurde bombardiert.

»Sie ist wohlauf, Jürgen, sie alle sind wohlauf. Heute Morgen kam ein Telegramm.« Sie habe es ihm verschweigen müssen, weil es darin um seinen Geburtstag gehe, ein Geheimnis.

»Wird sie kommen?«

»Nein.«

»Bitte zeige mir das Telegramm, ich will nur wissen, ob es wirklich von ihr stammt.«

Seine Mutter wächst auf dem Stuhl in die Höhe, schwillt zu ehrfurchtgebietender Größe an. »Wer sich auf meine Übersetzungen verlassen kann, wird sich auch hierauf verlassen können.«

Im Musikgeschäft knistert es, Wagners *Holländer* macht sich zum Abflug bereit. Der Verkäufer spielt die Aufnahme einer andächtig lauschenden Kundin vor und nickt herüber. Wense deutet an, allein zurechtzukommen, und sucht zielstrebig nach Matthias Weckmann.

Platten, zeigt sich, haben sie keine, dafür Noten, erst letztes Jahr erschienen, die gesammelten Orgelwerke. Er liest hinein, und sofort ist Wagner übertönt und überboten, ihm fliegen die Kammersonaten um die Ohren, wie konnte ihm dieser Strawinsky des Barock nur so lang entgehen!

»Ähäm.«

Es ist diese Kundin.

»Haben Sie nicht einmal in Donaueschingen gespielt?«

»Eschingen? Nie gehört.«

»Seien Sie nicht schüchtern, ich habe Sie gleich wiedererkannt. Mein Mann hat damals Ihre Finger verarztet, Dr. Degenhart, erinnern Sie sich? Mein Gott, Ihren Auftritt werde ich mein Lebtag nicht vergessen!«

»Sie verwechseln mich, das waren andere Finger.«

Er flieht und lässt Weckmann zurück.

»Sind Sie Herr von der Wense?«

Heut jagt man ihn überall.

»Ich bin die Schwester von Fräulein Munkel, der Bibliothekarin. Bitte verzeihen Sie die Indiskretion, aber stimmt es, dass Sie drei Übersetzungen des I-Djing geliehen haben?«

Er leugnet es nicht.

»Haben Sie zufällig eine davon dabei?«

»Ich bedaure.«

Sie entschuldigt sich nochmals und geht wieder.

Nun will er ihr doch sagen, dass es noch andere, wenn auch schlechtere Übersetzungen gibt, aber sie ist schon zu weit, er lässt es sein.

Später, auf dem Weg zur Ausleihe, sieht er sie mit einigen Büchern dasitzen, sie lächelt ihm entgegen, lässt ihn mit ihrem Lächeln nicht vorbei.

»Sind Sie doch fündig geworden?«

»Nur diese Übersetzung, sie taugt nichts. Jetzt lese ich etwas über Wetterprognosen im 16. Jahrhundert.« Sie scheint sich selbst zu wundern.

»Das ist auch interessant. Damals stand das Wetter noch in den Sternen.«

»Ja«, sagt sie mit großen Augen. »Die Astromathematiker berechneten es. Wussten Sie, dass es im deutschsprachigen Raum über zweihundert Prognostiker gab, so viele wie nirgends sonst?«

»Das war mir nicht bekannt, leuchtet aber ein, da ja jede bessere Stadt von ihren Geistesgrößen Prognosen verlangte, um sie als Wetterkalender zu verkaufen.«

»Sind Sie Meteorologe?«

»Nein.«

»Historiker?«

»Nein, nein, nur eine zufällige Wissensüberschneidung.«

»Die meisten Prognostiker waren eigentlich Ärzte«, sagt sie.

»Ja, die Astrologie spielte damals noch eine medizinische Rolle.«

Sie staunt. »Sie wissen viel.«

»Ich werde die Übersetzungen morgen zurückbringen«, flüstert er und will gehen.

»Das ist sehr freundlich, aber ich reise morgen schon weiter.«

»Verstehe. Nun dann ...«

»Ich hätte wirklich gerne noch einmal hineingesehen. Meine Exemplare habe ich dummerweise in Wien liegenlassen.«

»Schade. Trotzdem gute Reise!«

»Nur eines noch«, sagt sie. »Etwas zum Lachen. Aus dem Vorwort des Wetterkalenders eines Kantors. Er schreibt: ›Und do ich vorhin oft vier Wochen zum Wettermachen haben musste, mag ich numehr nit wohl vier Stund anlegen.‹ – So viel zum Berufsethos.« Sie schlägt das Buch zu.

Mit sinkenden Armen eilt er zur Theke und hievt seinen Stapel gerade noch rechtzeitig vor Fräulein Munkel.

Die weicht seinem Blick aus.

»Ich konnte Ihrer Schwester leider nicht helfen.«

Sie wird ganz rot, fast so rot wie die Warze auf ihrer Stirn, und trägt hastig seine neusten Ausleihen ein.

Auf seinem Schreibtisch muss er erst einmal umschichten, einen Teil der Bücher verlagert er auf den Boden, um seinen Stuhl. Dann, halb eingemauert, fängt er an. Doch die Volksmärchen der Kabylen langweilen ihn, auch die Zeitschrift zur Sprache und Kultur der islamischen Völker. Seine Augen fallen schon zu, als ihn ein Artikel über die Stanbuler Gaunersprache wieder wachrüttelt. Darin sind Ausdrücke aufgelistet, die angeblich nirgendwo sonst stehen, babuk, badana, balak. Den Kahn nach Skutari rudern bedeutet onanieren. Dalavera, kasatura, maslahat, so viele Wörter für Penis. Aber auch für die Sprache der feinen Leute haben die Gauner ein eigenes: elenika.

Der Rest ist wieder öd.

Er nimmt das Biruni-Steinbuch, ist nach acht Seiten allerdings enttäuscht und greift zu den Sinnsprüchen von Omar dem Zeltmacher, liest sie mit Wohlwollen, allergrößtem Wohlwollen, bis er von ihrer Plumpheit erschlagen vom Stuhl und ins Bett kippt.

Der Aufprall lässt ihn gleich wieder hochfahren, um in seinen Kisten nach Wetterkalendern zu suchen. Er findet auch zwei und stößt sogar auf das alte Wetterhandbuch, von dem er dachte, es sei verschollen. Mit dieser Auswahl setzt er sich wieder an den Tisch.

Das Handbuch spricht schönerweise nicht von Meteorologie, sondern von der Lehre der Beschaffenheiten und Eigenschaften des Himmeldurchsichtigen und der überirdischen Erscheinungen. Und zu denen gehören neben dem Dämmerlicht des Weltraums und den gefärbten Schatten eben auch die Heiligenscheine und das Brockengespenst.

Seine Gedanken schweifen trotzdem ab, zu Roger, zu Heddy, zu Peter.

Nach kurzem Zögern holt er die drei Holzscheibchen aus seiner Schatulle. Eigentlich darf man das Orakel nur nach sich selbst fragen, also schreibt er: *Wie kann ich Peter finden?*, und wirft die Scheibchen in die Luft.

Alle drei landen auf ihrer bemalten Seite.

Er zeichnet eine Yin-Linie aufs Papier und wirft noch fünf Mal.

Die sechs Linien ergeben ein zweifaches Kan, das Bild des wiederholt Abgründigen, des Wassers, das durch eine Schlucht fließt, Hexagramm Nummer 29. Er blättert das I-Djing auf, um es genauer zu interpretieren. Da klingelt es auf einmal an der Haustür. Er hält still, lauscht. Die Schritte nähern sich, und als es dann tatsächlich bei ihm klopft, hat er schon alles unter den Mappen versteckt.

Durch den sich öffnenden Spalt spricht Frau Vitzthum: »Hier ist jemand für Sie, ein Fräulein Ittsching.«

»Ittsch... Ach so, ja!«

Schnell steht er auf, zügelt sich aber gleich wieder und steigt vorsichtig über sein Mäuerchen.

Er spürt ihren Blick im Nacken, während er zur Haustür geht, und bittet seine Besucherin herein, stellt sie kurz vor, führt sie wie selbstverständlich in sein Zimmer.

Die Tür lässt er weit offen.

»Meine Schwester wird Ihnen die Ausgaben morgen wieder bereitstellen.«

»Von ihr haben Sie meine Adresse, nehme ich an?«

»Bitte seien Sie ihr nicht böse, ich habe sie dazu gedrängt.«

Er macht ein strenges Gesicht, obwohl es ihn eigentlich freut, und lässt ein paar Sekunden verstreichen.

»Sie wollen alle drei?«

»Nur wenn es Ihnen nichts ausmacht. Ich vergleiche gern. Wie Sie offenbar.«

»Ja, jede Übertragung hat ihre Vor- und Nachteile.«

»Es bleiben immer nur Annäherungen«, sagt sie.

»So ist es. Deshalb lese ich die Texte auch im Original.«

»Sind Sie Sinologe?«

»Das nicht, nein. Ich habe es mir selbst ein wenig beigebracht. Ich prüfe Wort für Wort, lese die Fachliteratur, unterrichte mich ein wenig in der altchinesischen Geschichte.«

»Wie beeindruckend! Heißt das, Sie haben eine eigene Übersetzung?«

»Ich weiß nicht, ob man von Übersetzung sprechen kann, es bleibt ein Orakel, ein Rätsel.«

»Arbeiten Sie gerade daran?«

Sie betrachtet seinen Schreibtisch.

»Im Moment arbeite ich an etwas anderem.«

»Sind das Wetterkalender?« Sie zeigt darauf. »Das sind doch Wetterkalender!«

Er gestattet ihr, darin zu blättern, und sie liest feierlich vor: »*Bedeutnis und Offenbarung wahrer himmlischer Influenz*. Oh, der Zusatz ist köstlich: *Erschröckliche Prophezeiungen*! Verkaufsfördernd«, sagt sie, und er muss lachen.

Es sei schon aberwitzig, dass sie für ein ganzes Jahr und länger gelten sollten, in der Studie habe sie gelesen, dass die Verfasser, wenn ihre Prognosen nicht stimmten, Gott die Schuld gaben. Der hätte ihre korrekten Berechnungen durch sein Eingreifen verfälscht!

»Ja«, sagt Wense. »Manche gaben aber auch ganz offen zu, eigentlich nicht an die astromathematische Methode zu glauben. Kepler zum Beispiel schrieb, dass er es nur des Geldes wegen getan habe.«

»Stimmt, wobei nicht sicher ist, ob er es auch wirklich meinte oder nur im Nachhinein zu seiner Ehrenrettung schrieb. Wallenstein hatte er noch das Horoskop gestellt und dessen Tod auf Tag und Stunde korrekt vorhergesagt.«

Verblüfft von ihrem Wissen schweigt er.

»Aber zum I-Djing.«

»Richtig. Die zwei deutschen Ausgaben sind hier und die englische müsste im Grunde auch hier irgendwo ... Es ist ein brauner Einband, etwa diese Größe.«

»Ich weiß, ich kenne die Ausgabe.«

Sie bewegt sich mit ihm durchs Zimmer, ohne etwas zu berühren. Weil sie so ungewöhnlich groß ist, kommt er sich kleiner vor und richtet sich auf, um es genau zu wissen.

»Sie mögen Pizzetti?«, fragt sie über dessen Opernpartitur gebeugt.

»Ich verehre ihn.«

Sie erzählt von einer Aufführung, die sie in Rom besucht habe, während sie sich der Wand nähert.

»Dieses Foto gefällt mir. Wo ist das?«

»Der Desenberg bei Warburg. Ich habe ihn oft fotografiert.«

»Wirkt fast wie ein Vulkan.«

»Es ist einer. Wenn man das Ohr anlegt, kann man ihn brodeln hören.«

»Ich höre ihn schon von hier«, sagt sie. »Was für eine Kamera haben Sie benutzt?«

»Eine einfache Babybox. Ich mache nur Schnappschüsse beim Wandern, es muss verschwommen bleiben, in Bewegung, sonst ist es mir zu statisch.«

»Verstehe. Ich bin Fotografin, müssen Sie wissen. Gibt es weitere Fotos?«

»Ein Album liegt auf dem Stuhl. Dann können Sie sich auch setzen.« Er lässt sie und sucht hinterm Nachtschrank, im Bett, hebt Kissen und Decke hoch.

»Ha! Ich habe es!«

Doch sie blickt sehr ernst vom Album auf.

Blickt wieder hinein, schüttelt, offenbar überwältigt, den Kopf.

Er tut naiv. »Sind sie so schlecht?« Aber statt zu antworten, bittet sie, seine Übersetzung ihres Orakels sehen zu dürfen. »Ich werde wahnsinnig, wenn ich abreise, ohne sie zu kennen.«

»Ich habe keine festgeschriebene. Ich erahne nur, deute jedes Mal neu.«

»Dann deuten Sie es für mich.«

»Das geht nicht, jeder muss es selbst befragen.«

Seine Antwort lässt sie um zehn Jahre altern. Sie steht auf und legt das Album zurück, als wäre es das Ende von allem.

»Wohin werden Sie reisen?«

»Nach Norwegen.«

»Das ist doch großartig, aufregend! Was wollen Sie fotografieren?«

»Nur die Sterne wissen, was ich dort tun werde.«

»Dann sollten Sie vielleicht besser diese befragen.«

»Das habe ich schon.« Ihre Stimme klingt plötzlich viel tiefer. »Wie stehen Sie zur Astrologie, Herr von der Wense? Sehen Sie es wie Kepler, sternguckerischer Aberglaube?«

Er atmet tief ein und wiegelt dann ab. Man müsse bedenken, dass die meisten von Keplers Zeitgenossen ihre Berechnungen nur schablonenhaft abhakten, wie dieser Kantor, den sie zitiert habe. Mit den ursprünglichen Regeln der griechisch-arabischen Astrologie ...

»Hatte das wenig zu tun«, sagt sie. »Ich weiß. Nur, wer will schon einen Kalender für die Tage des Mondwechsels, wenn er einen fürs ganze Jahr haben kann?« Sie schaut zur Tür und auch er schaut sich um.

»Mars, Saturn und Uranus stehen in Konjunktion in den Zwillingen«, sagt sie leise. »Zu unser beider Lebzeit wird es nicht noch einmal dazu kommen.«

Er schließt die Tür, hebt seinen Stuhl aus der Ummauerung und setzt sich ihr gegenüber.

»Ich habe die Abhängigkeit des Wetters von den Gestirnen jahrelang untersucht«, sagt er. »Auf der Bibliothek der Hamburger Sternwarte habe ich Tausende alter Schiffstagebücher studiert und deren Wetterdaten mit den regelmäßig wiederkehrenden Konstellationen abgeglichen, um eine Art Sternkarte des Weltwetters zu erstellen.«

»Sie sind *doch* ein Wetterfachmann.«

»Einem Fachmann wäre eine solche Vermischung verboten.«

»Allen wäre es verboten«, sagt sie.

»Mittlerweile, ja.«

Sie erzählt, wie sie wegen einer drohenden Durchsuchung ihre ganze astrologische Hausbibliothek aufgeben musste. Auch der Frau, die sie in die Astrologie eingeweiht habe, sei es so ergangen, und bald darauf sei sie ganz verschwunden.

»Wurde Ihre Wettersternkarte veröffentlicht?«

»Sie war nie zur Veröffentlichung bestimmt. Ich wirke lieber im Geheimen.«

Ihr Mund verzieht sich. »Da haben wir etwas gemeinsam. Aber gilt Ihr astrologisches Interesse allein dem Wetter?«

»Man kann, denke ich, alles horoskopieren, wenn man weiß, wann und wo es im weitesten Sinne lebendig geworden ist. Für Schiffe beispielsweise gilt nach meiner Erfahrung der Stapellauf.«

Sie erwidert, dass ihr die Anreise nach Norwegen keine Sorgen bereite, und er muss klarstellen, dass er es so auch nicht gemeint habe. Der Ausgang einer einzelnen Fahrt lasse sich ohnehin nicht vorhersagen.

»Natürlich nicht, das wäre Aberglauben!«

Er hebt beschwichtigend die Hand. »Wir sind ganz einer Meinung.«

»Mir geht es auch weniger um die eigene Person. Es geht mir um Deutschland.«

»Sie haben Deutschland das Horoskop gestellt?«

»Sie finden es lächerlich.«

»Im Gegenteil!«, sagt er. »Horoskope von Staaten gehören zum Wichtigsten. Welche Gründungsdaten haben Sie herangezogen?«

»Ja, das ist die Frage. Was war entscheidend für das Reich, Bismarcks Verfassung oder die Proklamation des Kaisers? Beides ergab kein sinnvolles Bild, auch die Änderungen der Verfassung nicht.«

Er bestätigt ihr Ergebnis, er sei zum selben gelangt. »Sie wissen, nehme ich an, wie es um Hitlers Sonne bestellt ist?«

Sie nickt.

»Deshalb wurde die Astrologie verbannt«, sagt er. »Niemand soll erfahren, unter welch schlechtem Stern wir stehen. Die Partei hat den gleichen Aszendenten, und auch Göring hat Saturnquadratur.«

»Sie glauben nicht an den Sieg?«

Er glaube zwar, dass es nächstes Jahr eine Wendung zu Deutschlands Gunsten geben werde, aber nur vorübergehend. »Ich rechne noch mit vier Jahren Krieg.«

Sie sieht es anders, erklärt ihm ihre Deutung der Häuser und den Einfluss von Pluto, und sie geraten in eine Diskussion über Ekliptik und Mantik im Allgemeinen, gelangen zu den Pythagoräern, den Platonikern, Stoikern und landen schließlich beim Schöpfungsmythos der Sumerer. Sie sind sich einig, dass die Astrologie Religion, Kunst und Wissenschaft vereint und dass sie der Astronomie genau so wenig angehört wie die Musik der Mathematik.

»Lüneburger Heide«, sagt sie plötzlich. »Der Ursprung Ihrer Familie.«

»So ist es.«

»Und Ihre Mutter, wenn ich fragen darf, eine von ...?«

»Nettelbladt.«

»Mhm, Patrizier.«

»Sie kennen sich aus.«

»Ein wenig. Ihr Vater war vermutlich Offizier?«

»Richtig.«

»Wem treu, Preußen oder Hannover?«

»Er folgte dem König nach Österreich«, lügt er.

»Ah ja«, sagt sie, als wäre damit alles klar. »Er starb früh, Ihr Vater.«

»Woraus schließen Sie das?«

»Stimmt es nicht?«

»Er stürzte vom Pferd.«

»Aber nicht im Felde«, betont sie.

Wense schweigt, er will nicht verraten, dass es während einer Parade geschah.

»Verzeihung, es soll kein Verhör sein.«

»Bitte, Sie liegen richtig, fahren Sie fort.«

»Keine Geschwister.«

»So ist es.«

»Die Beziehung zu Ihrer Mutter ist natürlich eine besonders enge, aber da ist noch etwas anderes. Wann wurden Sie geboren?«

»Am 10. November 1894.«

»Dann feiern Sie ja morgen!«

»Ich werde nicht feiern.«

»Und wo wurden Sie geboren?«

»In Gmünden«, lügt er.

Sie faltet die Hände vorm Mund und befragt ihn zu seinem Aszendenten, stellt fest, dass die Musik in nächster Zeit eine große Rolle für ihn spielen wird.

Dann allerdings, ohne Vorwarnung: »Sie wuchsen nicht bei Ihrer Mutter auf.«

Er schweigt wieder.

»Sagen Sie mir, wo Sie aufwuchsen.«

»Im Zirkus.«

»Ha! Sie lügen!«

»Woher wollen Sie das wissen?«

»Sie lügen! Keinesfalls wuchsen Sie im Zirkus auf! Aber es ist spät geworden.«

Er überreicht ihr die drei Übersetzungen des I-Djing und will sie hinausführen, doch sie bleibt vor seiner alten Wetterkarte stehen. »Ich habe gelesen, dass schon Anfang des 16. Jahrhunderts eine rein meteorologische Anleitung erschienen war, ganz ohne Astrologie, von einem Venezianer. Aber erst hundert Jahre später setzte sie sich durch, weil dank ihr mehrere Seekriege gewonnen worden waren. Der Krieg ist immer entscheidend.«

Er überlegt kurz und fragt dann, ob sie Christoph Fornarius kenne. »Der hielt sich an den Spruch, wonach der Wind das Wetter mache, und zeichnete eine Windrose, in der alle Windarten mit passender Witterung stehen. Ich habe eine Kopie!«

Er holt sie zielsicher aus einer Mappe.

»Schauen Sie, bei Vuturnus oder Grecolevante wirds erst klar und trocken und frostig, dann schnell wieder wolkig. Solche Witterungswindrosen wurden schon im Mittelalter, wahrscheinlich sogar schon in der Antike benutzt. Kriege lassen sich damit nur schwer gewinnen. Dafür freut man sich umso mehr, wenn die windige Methode mal klappt!«

Er schenkt ihr die Kopie für ihre Reise, und sie gehen zur Haustür.

»Ich kenne noch nicht Ihren Namen.«

»Und ich immer noch nicht Ihren Beruf«, sagt sie. »Dabei können wir es belassen.«

»Sie wissen, was ich geliehen habe, das ist viel mehr.«

Diese Bemerkung scheint sie zu erschrecken. Sie bittet ihn nochmals, ihrer Schwester nicht böse zu sein.

»Warum reisen Sie nach Norwegen?«

»Alles, was ich Ihnen sagen kann, ist, dass Sie gar nicht ahnen, wie essenziell dieses Land für uns ist. Wir brauchen den Zugang zum Atlantik schon allein für die Eisenerzlieferungen. Aber die Norweger sind stolz und sabotieren gern. In Bergen wurden jetzt sogar zwei unserer Männer überfallen und ermordet. Sehen Sie sich den Solar des Führers noch einmal genauer an.«

Mit diesen Worten verschwindet sie in der Nacht, und er setzt sich an den Tisch, um Heddy von dieser erstaunlichen Begegnung zu schreiben. Der Brief droht schwärmisch zu werden, doch er will sich die Schwärmerei nicht verbieten. Am Ende zweifelt er, ob er ihn abschicken sollte. Es ist einfach zu phantastisch, Fotografin, Astrologin, Spionin, sie wird diese Frau für eine Erfindung halten, für einen bösen Witz, seine neue, bessere Seelenverwandte, die sie in allem übertrifft, Körpergröße, Geistesgröße, Rätselhaftigkeit. Sogar ihren Abgang wird sie für eine Anspielung halten, weil sie selbst zu lang bei ihm geblieben war, so lang, bis er sagte: Kommen und Gehen sei die beste Grundlage für Freundschaft.

Aber ihr letzter Besuch war wirklich eine Katastrophe. Besser kurze Begegnungen, mehrere Tage durchaus, aber keinesfalls eingesperrt, aufeinander gedrängt. Sonst kippt das Gleichgewicht und er muss ständig dagegenhalten, diplomatisch sein, sich zurücknehmen, teilweise verleugnen, und sobald ihr das auffällt, kommt es zum Streit. Sie findet ihn unaufrichtig, dabei schafft er nur den Ausgleich, den es braucht. Sie schafft ihn ja nicht. Wie man sehen konnte, als er krank vor ihr lag.

Mag sein, dass ihre Freundschaft auf einem Missverständnis beruht, dann allerdings will er dieses Missverständnis erhalten als tragenden Fehler. Sie müssen nur wieder zusammen hinaus, um sich zu ergänzen, im Gespräch mit der Landschaft als dritter Instanz, als Vermittlerin.

Ihm fällt ihre erste gemeinsame Wanderung ein und wie sie sich zufällig trafen im Zug, auch wie er später bei ihr unterkam, als sie noch Sekretärin war in Braunschweig, und er sie abends überraschte mit der Möbelstatue, komponiert aus ihren Stühlen, dem Papierkorb und seinem Koffer. Und wie sie sich dann aus den Scheidungsakten vorlasen, die sie aus der Kanzlei mitgebracht hatte: »Ich habe die Krähe in den Wald gejagt«, hieß es im Protokoll. Sie grunzten vor Lachen.

12

Von ihr eine Studie über Kaiser Karl V., von Käthe ein apartes belgisches Werk über alte Friedhofskreuze.

»Und das ist von Heddy!« Stolz präsentiert seine Mutter das geheim gehaltene Paket.

Es ist nicht klein.

»Ich hatte sie doch gebeten, mir in diesem Jahr nichts zu schenken.«

Mit Mühe durchschneidet er die straffe Umschnürung. Die beiliegende Grußkarte rührt ihn, auch Heddys Schwester Gisela und sein Freund Ljowa haben unterschrieben, und das Geschenk ist ganz und gar immens: das vollständige Notenwerk von Pizzetti! Und Kaninchenpastete! Und Winterhandschuhe!

Er wünschte, er könnte sie alle umarmen.

»Schone dich«, warnt seine Mutter, aber er muss einfach ans Klavier.

Erst schmerzt es, doch langsam lockert sich sein Arm, wird geschmeidiger mit jedem Anschlag, Pizzetti wirkt wie Schmieröl.

Nach dem Festessen bringt er sie im Rollstuhl hinaus, und sie unterhalten sich über ihre Übersetzung der schwedischen Kommentare, als ihnen ein Auto dazwischenhupt.

Leimbach!

Mit einem Blumenstrauß steigt er aus. »Ihr lieber Hausherr schien nicht begeistert, dass Sie ohne ihn feiern.«

»Wir feiern nicht.«

»Ich scherze. Alles Gute und natürlich noch viele fruchtbare gemeinsame Arbeitsjahre!« Er überreicht ihm den Strauß. »Sind Sie überhaupt schon ein Jahr bei uns?«

»Erst seit März.«

Leimbach macht ein erstauntes Gesicht. »Man kann es sich schon gar nicht mehr ohne ihn vorstellen«, sagt er zu seiner Mutter. »Nach dem Urlaub haben wir eine Überraschung für Ihren Sohn. Er bekommt zehn neue Mitarbeiter. Ja, ja! Und ein eigenes Büro, mit eigener Sekretärin! Und außerdem, außerdem ...« Er tut verschwörerisch. »Druckeichanlagen mit 19-fach-Schreiber.«

Seine Mutter will den Strauß nicht auf dem Schoß, er muss ihn selbst halten, während er schiebt. Vorm Park steht ein kleines Mädchen, das durch eine Lupe in den Himmel schaut.

Sie senkt das Glas, schaut wieder durch.

Belustigt geht er weiter, zuckt aber zusammen: »Der Feind!«, schreit das Mädchen und heult los wie eine Sirene, feuert aus dem Griff.

Am Himmel nichts, kein Spatz.

Sie kommen an dem Gebüsch vorbei, woraus Peter sein letztes Opfer brachte.

»Dieser Leimbach«, raunt seine Mutter.

»Ich werde mehr führen, weniger ausführen, das kann nur gut sein.«

»Du wirst sicher wieder erkranken.«

»Krank werde ich, wenn ich keine Verantwortung habe, wenn es leichte, dumme Arbeit ist. Nichts wäre schlimmer als das. Vielleicht kann ich mich umschulen lassen und nach dem Krieg weiterarbeiten als Ingenieur.«

»Aber seine Art ...«

»Er ist kein Nazi, sie alle sind keine Nazis. Wir grüßen uns mit Guten Morgen, guten Tag. Und immerhin weiß er Intellektuelle zu schätzen, setzt sie ihren Fähigkeiten entsprechend ein, wenn er kann, statt sie zu demütigen.«

»Du wirst dein Leben nicht ernsthaft in dieser Fabrik fristen wollen?«

»Was bleibt mir anderes?«

»Und deine Werke?«

»Vorerst bin ich frei. Und nach dem Krieg werde ich auch wieder Gelegenheit finden. Es ist eine vorübergehende geschichtliche Stunde.«

Als sie wieder in der Pension sind, niest die scheintaube Nachbarin durch den Flur. Dann allerdings niest es in der Wohnung noch mal, so nah, dass er herumspringt.

»Was ist?«

Er dreht den Rollstuhl, damit sie den Korb sehen kann.

»Was denn?«

»Da! Seine Rute!« Sie ragt auf wie eine Antenne, der Rest liegt verborgen unter der Wolldecke, mit spitzen Fingern hebt er sie hoch.

»Jürgen«, sagt seine Mutter mitleidig.

Die Decke fällt zurück in den leeren Korb.

»Es war doch nicht deine Schuld, du kannst nichts dafür.«

Er greift sich an den Kopf. »Es muss wegen der Medikamente sein.«

»Weißt du«, sagt sie, »damals in Hannover bekam ich auch vieles und sah vieles. Deinen Vater auf dem Pferd. Er ritt mitten durchs Zimmer.«

Er ist erschüttert, das hat sie ihm nie erzählt.

»Nimm nicht alles, was sie dir geben, Bubsel.«

Er bereut, Leimbach nicht nach Roger gefragt zu haben, und geht mit etwas Kaninchenpastete los, um ihn im Werk zu besuchen.

Doch die Franzosenbaracke ist verlassen, auch die Frauenbaracke. Sie seien weggebracht worden, erklärt der Pförtner, zu verschiedenen Betrieben, Genaueres wisse er nicht.

Er nimmt es als Wink des Schicksals, jetzt gibt es nur noch eins, die Bibliothek! Mit Rückenwind segelt er hin und schickt einen Beamten nach dem andern ins Magazin, Fräulein Munkel besonders oft, das ist sie ihm schuldig.

»Bringen Sie mir alles über das Soester Nequambuch, auch Vergrößerungen der Miniaturen.«

Er will die berühmte Wipptreppe sehen, von der die Nichtsnutze ins Verderben kippen.

Bis dahin prüft er noch schnell, ob die Sonne im Schöpfungsmythos der San wirklich ein im Himmel steckengebliebener Stab ist, und findet auch endlich heraus, weshalb die Soldaten und Turner mit gespreizten Füßen strammstehen: wegen des militärischen Winkelstands! Fersen aneinander, Öffnung 60 bis 90 Grad! In Österreich eingeführt, durch die schwedische Gymnastik verbreitet.

Wie wurden Sonne und Mond miteinander verbandelt? Nach welchem Muster die Sterne verteilt? Wo reitet der Drache auf dem Bär? Mit diesen himmlischen Fragen aus den Tian Wen steigt er wieder zur Metaphysik auf.

Die Geschichte des Abendlands aus Sicht eines Osmanen, die des Christentums aus der eines Rabbiners und drei Beiträge zur Testaceotheologie, der Lehre von der Göttlichkeit der Weichtierschalen. Ihre Anhänger untersuchen ihren Forschungsgegenstand nicht bloß, sie bewundern ihn, geraten in Ekstase angesichts dieser kleinen Baukunstwerke, bei denen alles von einem Strudelpunkt ausgeht, bunte Wellen und Kringel und Kräuseln und Türmchen, die sich pyramidal emporwinden, aber auch nach innen verschlingen, Gänge und Hallen bilden, Altare aus Perlmutt. Für die Testaceothologen ist jedes Schneckenhaus ein Gotteshaus. Sie brechen zwar ein, schmeißen die unförmigen Bewohner raus, doch nur um sich ehrfurchtsvoll umzusehen.

Die Spiralen der Schalen gleichen den Galaxien in der Andromeda, die Weltraumteleskope zeigen es: Nach diesem Muster wurden die Sterne verteilt!

»Zehn Minuten«, flüstert Fräulein Munkel.

Schon drängt man ihn wieder raus, nimmt ihm fast alles weg.

Immerhin kann er den Band mitnehmen, der Hunderte alter Liedtexte aus Lappland enthält. Ihren Worten will er den Klang ablauschen und Melodien hinzukomponieren, nur wenige Töne, für jedes Ding einen, für das Nordlicht, für das Schneehuhn, für den Landrat Sörensen.

Seit man bei der Sonnenfinsternis sehen konnte, dass Einstein recht hat und die Sonne das Sternenlicht wirklich zu sich heran-, sogar ein Stück weit um sich herumzieht, ist die Vorstellung erlaubt, dass der Raum und alle Materie und alle Zeit irgendwie dehnbar und irgendwie miteinander verbunden sind. Aber noch darf man sich nicht vorstellen, dass sich in diesem Gemisch auch etwas anderes bewegt, das sich breitet und weitet, streckt und ausdehnt, das gekrümmt, geknickt, gebrochen ist, sich aufstaut, zuspitzt, umstülpt. Ein Weichtier. Ein unvorstellbares Weichtier. Mit einem unvorstellbaren, raumlosen, zeitlosen, körperlosen Körper.

»Wir wollten Ihnen gratulieren.«

Die Vitzthums vor seinem Zimmer.

»Man sieht Sie kaum noch.«

Er lässt sich hinreißen und setzt sich mit ihnen zusammen, berichtet von seiner Beurlaubung, den beruflichen Aussichten, auch von Nohls neuer Beschäftigung im Staatsauftrag.

»Das freut mich für ihn«, sagt der Graf ohne Freude. »Ich weiß nicht, ob er es Ihnen erzählt hat, aber vor seiner Zwangsemeritierung hatte man ihn als Kommunisten verunglimpft, und nur ein Jahr zuvor war seine Frau gestorben, nachdem man sie als Halbjüdin abgestempelt hatte. Zum Glück sind seine Töchter in England.«

Der Graf wirkt noch schlaffer, noch trauriger als sonst, Wense will ihn gar nicht erst fragen, ob er in letzter Zeit wieder ein wenig arbeiten konnte. »Ich habe endlich Ihren Rat befolgt und Ghibertis Memoiren gelesen. Was für eine Offenbarung! Jetzt erst weiß ich seine Paradiestür wirklich zu schätzen. Und sein Noah! Die Arche als Pyramide war mir völlig unbekannt. Tausend Dank für diesen Hinweis.«

Der Graf stößt einen langen, langen Seufzer aus. »Ich bin über das Alter hinaus, wo man sich für Kunst begeistert.«

Die Lustlosigkeit umschwebt ihn wie eine giftige Wolke.

»Haben Sie die Briefe gesehen?«, fragt Frau Vitzthum. »Von heute Morgen, zwei Stück.«

Er nutzt die Gelegenheit und zieht sich zurück.

Gisela und sie seien am Leben, auch Ljowa, hätten aber fast nichts mehr. Alle Wohnungen ausgebrannt. Mit einer Axt habe sie eine drei Meter hohe Pforte aufgeschlagen, um einige Mieter zu retten. Ihren Hund habe sie opfern müssen, er heulte in den Flammen. Und sogar ihren letzten Koffer habe sie stehen lassen, um einen verwundeten Soldaten zu stützen. Man wolle ihr einen Orden verleihen, doch sie hausten nun in einer Baracke. Ljowas neue Oper sei auch verbrannt, ebenso wie das Opernhaus.

Wense liest ihren Brief immer wieder.

Der andere stammt vom Amt, ihn überhaupt noch zu öffnen kommt ihm wie ein Verrat vor.

Sich zu freuen wie eine Sünde.

Hiermit ist er von der Stadtwacht befreit, ein ganz und gar unabkömmlicher Kriegsarbeiter.

13

Am Bogen, der sich über ihm zuspitzt, blickt er vorbei und hinauf zum gotischen Gewölbe, von dem das Geräusch der Bücherkarren widerhallt, vereinzelt auch die Stimmen der Bibliothekare.

Sie flüstern nicht mehr, ein gutes Zeichen.

Zwei beginnen direkt unter ihm zu sprechen, Thema: Verstopfung des einen, Erfahrungen des anderen.

Sein Rücken schmerzt, aber er wagt nicht, sich wieder auf den Bauch zu drehen.

Nun reden sie vom Essen, von Knödeln und Braten mit Soße, Bohnen mit Speck. Er faltet die Hände überm Magen und betet.

Er knurrt trotzdem.

»Klingt ernst.«

»Das kam nicht von mir.«

»Von wem dann?«

»Von oben!«

»Der Herrgott hat auch Hunger.«

»Der Herrgott ...«

Wense hört Tritte auf den Sprossen der Regalleiter und hebt ängstlich den Kopf. Neben seinen Füßen, überm Rand des Regals, taucht die Stirn von Fräulein Munkel auf, mit der kleinen roten Warze, die er schon so oft beäugt hat.

Jetzt beäugt sie ihn.

Er hält die Luft an, schwört, nie wieder verächtlich über die Warze zu denken, wenn sie ihn nicht verrät.

Sie taucht wieder ab.

Durchzuckt von den Bässen seines Herzens liegt er da und lauscht, wie sich das Knarren der Sprossen entfernt, wie der Karren davonrollt. Die Hitze seines Gesichts steigt zum Gewölbe auf.

»Haben Sie mitbekommen, wann der Wense gegangen ist?«

»Nein, warum?«

»Der ist einfach verschwunden. War noch enttäuscht, dass er ein Buch nicht mehr ausleihen kann, und plötzlich – weg. Hat alles liegen gelassen, Astronomie, Geologie, auch wieder was aus der Altaistik.«

»Moment, mein Hut fehlt noch!«

»Was ist dieser Wense überhaupt?«

»Wenn man das wüsste.«

»Haben Sie ihn nie gefragt?«

»Doch. Antwort war, er übersetze. Und eine Stunde später wollte er den gynäkologischen Nachlass von Osiander sehen.«

»Kurios.«

»Ich hab ja immer gesagt, der tut nur so.«

Fräulein Munkel schweigt, setzt sich nicht für ihn ein.

»Mich hat er kürzlich nach Leichenpredigten aus Schlüters Sammlung gefragt. Na gut, hab ich ihm raufgeholt. Aber dann wollte er auch noch einen ganzen Haufen Rara und Inkunabeln. Ich hab erklärt, dass die schon ausgelagert sind nach Volpriehausen. Meint der doch glatt: Davon wüsste ich aber, und wollte selbst nachsehen. Fräulein Munkel hat gleich verstanden, was los ist, und mir beigepflichtet, aber er hat keine Ruhe gegeben. Ob man nicht irgendeine Sondererlaubnis bekommen könne. Ich sage: Tut mir leid, da müssen Sie schon bis zum Sieg warten. Und wissen Sie, was er darauf gesagt hat? Dann muss ich mir selbst Zugang verschaffen!«

»Das würde ich dem auch noch zutrauen, dass der ins Bergwerk einbricht.«

»Da kommt ja endlich der Hut.«

»So, die Herrschaften, wir können.«

Wense versucht sich noch flacher zu machen, damit sie ihn beim Hinausgehen nicht sehen.

Der Schein der Lampen verschwindet von der Decke.

Endlich wird das Portal geschlossen.

Die Sprossen, das Parkett, der ganze Kirchenraum knarrt, alle paar Schritte bleibt er stehen und wartet, bis es wieder still ist. Oben, in einem der Chorfenster, kommt der Mond hervor, im Seitenschiff bleibt es finster.

Er tastet sich um die Ecke und durch den Gang, an den Wänden entlang, linker Hand linksherum, rechter Hand rechtsherum, und hier müsste es eigentlich schon sein.

Er drückt auf jede Klinke, die ihm zwischen die Finger kommt.

Verschlossen.

Ein Büro.

Falsche Abteilung.

Die vierte Tür quietscht vielversprechend, es hallt aus der Tiefe, die Temperatur stimmt ebenfalls. Vorsichtig tappt er mit dem Fuß über die Schwelle, sucht nach der Stufe. Schließlich findet er auch den Schalter, und die Neonröhren beginnen über der Treppe zu klimpern.

Er steigt ins Magazin, ins Mittelalter hinab. Hier unten ist die Architektur noch wie zur Zeit der Dominikaner, die Regale stehen gedrängt unter den niedrigen Kreuzbögen. Am Rand sieht er einen Tisch, an dem er arbeiten kann, und stellt seine Aktentasche daneben. Dann macht er eine Bestandsaufnahme, überfliegt die Signaturen, seine Psalmen.

Mit beiden Händen rüttelt er an einem dicken, staubigen Band, der zwischen den anderen festsitzt, bis er endlich in seine Arme fällt. Aber aus der Lücke springt ihm was ins Gesicht! Es wirft ihn um!

Der Teufel wirbelt auf seiner Brust, klettert das Regal hoch, schlüpft als schwarze Katze wieder hinter die Bücher.

Wense bekreuzigt sich.

Der Band liegt geschlossen neben ihm, scheinbar unbeschadet. Er trägt ihn zum Tisch und kehrt, ohne sich abzuklopfen, in die Reihen zurück, ein staubfrommer Mönch.

Vorm Rausziehen jetzt immer ein Stoßgebet.

Wie Vogelnester im Winkel einer Mauer hängen ihre Eier zwischen den Seiten, tief unten im Spalt, doch es sind keine Raupen, keine Würmer, sondern eindeutig Bücherläuse, die da krabbeln. Als wären sie Teil des Stempels: *Stalag XI-C*

Das Buch ist ihr Gebäude, ihre Baracke.

Jede Seite ein Dach, das man abnimmt.

Auch Bücherskorpione sitzen darunter, winzige Spinnchen mit langen, spitzen Giftzangen. Man blättert und erfährt, was sich nebenan abspielt. Jede unbewohnte Seite ein verlassener

Raum. Manchmal sieht man noch Spuren und kann mutmaßen, manchmal liegt da tatsächlich ein Toter oder zwei. Ein muffiger Geruch, der Barackengeruch, steigt auf.

Blättern heißt Lüften.

Die durchgesehenen geologischen Zeitschriften stapelt er vor sich, nach Relevanz sortiert, und wird immer kleiner angesichts der Überholtheit seiner Forschungen. In Europa wurde kein Gebiet so gründlich durchwandert und beschrieben wie das Upland, die obere Eder und das Hessenland. Die Stellen, die er zusammen mit Heddy auserkoren hat, ihre geheimen Lieblingsplätze, sind eigentlich die Lieblinge aller Geologen der Erde. Viele seiner Entdeckungen waren schon entdeckt, viele seiner Karten schon gezeichnet, wenn auch nicht alle und nicht so. In seinen Ohren tönt es seltsam, das Trommelfell flackert.

Dass seine Schriften den Ansprüchen der Wissenschaft nicht genügen würden, war ihm immer bewusst, sogar recht, dass sie allerdings bereits in ihren Grundsätzen falsch sind ... Die Fehler sollten doch wirken wie die Gifte in der Medizin, seine Geomystik sollte den Sachlichkeitskrampf lockern und vom Korrektivismus heilen! Stattdessen ist er, der Mystagoge, selbst an einer Überdosis erkrankt.

Von oben heulen dumpf die Sirenen.

Sein ganzes Werk kommt ihm fade vor verglichen mit den Ereignissen, niedlich und anmaßend, eine Mischung aus Menagerie und Mulang, zwangsbesiedelt mit den Kuriositäten unterschiedlichster Kulturen, Zeiten, Fächer.

Nichts wird er fertigkriegen, seinen Laozi nicht, seine Mythensammlung nicht, nicht sein Wanderbuch, nicht seine Universallautschrift, nicht seine Karte des Weltwetters, und für den großen Rest findet er sowieso keine Form. Warum sucht er überhaupt noch? Er sucht nach einer Form, die er nicht will, er sucht nach einem Grab für sich, doch nirgends passt er hinein, und so rennt er, statt sich des Lebens zu freuen, verzweifelt von Friedhof zu Friedhof. Das Magazin ist die Krypta, Recherchieren Totengräberei! Mit jedem Satz schaufelt er sich tiefer.

Er packt seine Sachen und steigt wieder hinauf, öffnet vorsichtig ein Fenster, und dann endlich, im Freien, empfängt ihn der Fliegeralarm wie eine Fanfare. Er denkt: Ehrfurcht vor dem Nichtwissen, das Nichtwissen ist die Hoheit! Und paradiert durch die leeren Straßen, hinaus aus der Stadt.

Plötzlich klingt die Fanfare doch nach Alarm, nach dem Alarm der Wissensanstalt, aus der er geflohen ist. Die Zwangsjacke hängt schwer an ihm. Er versucht sie abzuschütteln. Mit geschlossenen Augen stromert und schlendert, streift und schweift er herum und umher. Und tatsächlich lockert sie sich, sie rutscht von ihm ab. Aber wenn er die Augen öffnet, wird sie ihm gleich wieder angelegt: vom Windelberg, vom Totengrund, vom Seekborn, von der Reichsautobahn.

Er tappt auf Beton.

Und die Sirenen aus Göttingen schnüren die Jacke noch enger.

Alles, was lebt, alle Materie, die jemals lebendig geworden ist, findet sich irgendwie im Raum zurecht, vom Dackel bis zum Einzeller, der als Plankton im Wasser treibt. Eine einzellige Blaualge weiß zwar nicht, wo sie sich befindet, aber sie weiß, wo ihre Nahrung, wo das Licht ist: außerhalb ihres Körpers. Und weil sie sich dem Licht ja nicht zuwenden kann und es, während sie so trudelt, aus allen Richtungen kommen könnte, hält sie ihre Münder, ihre lichtschluckenden Membransäcke, auch in alle Richtungen offen.

Sie kann gar nicht anders.

Schon bei der Geburt, bei der Spaltung ihrer Mutterzelle, sind alle Körperteilchen so angeordnet worden, dass die Nährstoffe in sie hinein-, durch sie hindurch- und umgewandelt wieder hinausgeleitet werden: schlucken, verdauen, ausscheiden.

Die Blaualge ist als ausgerichtete Lichtfalle zur Welt gekommen, und so wird sie auch sterben. Bis zuletzt behält sie ihre kleine, aufs Nötigste konzentrierte Form der Orientierung. Der Name Plankton vom altgriechischen Wort für »herumirrend« tut ihr Unrecht, eigentlich ist sie das genaue Gegenteil. Absolut orientiert, unfähig, sich zu verirren.

Wie alle Wesen, die sich nicht selbständig fortbewegen.

Und jene, die es könnten, wollen es nicht. Kein Hund streunt freiwillig in die Irre. Sobald er merkt, dass es passiert ist, kriegt er Angst.

Der Mensch normalerweise auch.

Manchmal jedoch zieht einer los, ohne zu wissen wohin und ohne darauf zu achten, stromert und schlendert, streift und schweift herum und umher, bis er nicht mehr weiß, wo er ist, und dann genau so weiter, in genau diesem Zustand, einfach irgendwo unterwegs nirgendwohin.

Das ist menschlich, ein rein menschliches Verhalten, es steckt im braven Spaziergänger genau wie im Abenteurer, im Flaneur genau wie im Wandermönch. Es ist ein Verstoß gegen Artikel 1 der natürlichen Verkehrsordnung, es ist Fortbewegung ohne

Fahrschein und ohne Plan. Kontrolleur ist der Tod. Der Mönch verlässt sich auf die Gnade des Allmächtigen, der Abenteurer auf sich selbst, der Flaneur darauf, dass alles nur ein Spiel ist, und der Spaziergänger sitzt schon wieder daheim.

Hans Guck-in-die-Luft war ein Märtyrer. Sein Blick richtete sich auf ein höheres Ziel.

Wense fixiert den Hundsstern zwischen den Wolken. Ihm muss er folgen, unter ihm muss er sich verlieren, damit Peter ihn finden kann.

Die Sirenen werden leiser, bis sie verstummen.

Die einen freuen sich auf diese, andere auf jene Jahreszeit, und sie wissen auch, wann welche kommt, wann welche geht, es ist immer dasselbe, keine großen Überraschungen, höchstens dass wegen eines Umschwungs mal ein paar Bergsteiger oder Seefahrer nicht heimkehren oder dass, obwohl alle Zeichen auf Sturm stehen, plötzlich die Sonne rauskommt. Aber um die Jahreszeiten aus ihrem Trott zu bringen, bräuchte es schon etwas wirklich Großes.

Seine Schuhspitzen ragen ins Bodenlose.

Er steht am Rand, wie er immer steht, immer auf der Kippe. Der Wind stupst ihn, aber nur ganz leicht, ein Scherz unter Freunden. Wer weiß, wann es aus diesem Krater zuletzt geraucht hat, ob es überhaupt ein Krater ist. Er jedenfalls lässt sich nicht die Vorstellung nehmen, dass die Menschen hier einst, wie in X oder Y oder auf Z, am Fuße von Feuerbergen wohnten und den Göttern Opfer brachten, oder dass hier, aus großer Ferne, ein großer Stein eingeschlagen ist. Er zückt sein Heft, um die Namen der neuen Jahreszeiten aufzuschreiben, doch der Wind zerfleddert die Seiten, rüttelt am Stift, verzerrt und verzieht ihm alles.

Er lässt es und rollt mit dem Gefälle.

Alles ist schräg, die Gedanken kommen zwangsweise ins Rollen, seine unrunden Gedanken, die da eiern und hüpfen, sich überschlagen, mal hier, mal da was mitreißen, tausende Ideen und Funde, eine Lawine, ein Erdrutsch, eine sich ewig anbahnende Katastrophe, die bloß Schwung holt, um über den nächsten Berg zu gelangen.

Es blitzt und tropft.

Er mag den Regen, allerdings nicht in seiner Aktentasche. Wenn es hier, auf freier Flur, jetzt zu schütten beginnt – wäre nicht das erste Mal, dass ihm seine Aufzeichnungen ausgewaschen werden. Er nimmt die Mappe und die beiden Hefte heraus und wickelt sie in seinen Mantel, stopft sie zurück, schlägt zusätzlich das Sakko drum.

So geht er mit seinem Wickelkind.

Die Tropfen tippen ihm auf die Schulter, erst links, dann rechts, dann kalt in den Nacken, und schließlich, mit einem Donnern, fallen sie über ihn her. Er legt sich schützend über die Tasche, das Gesicht ins Gras.

Im Rauschen des Regens versucht er das Rauschen des Windes zu hören, des warmen Windes in einem ausgedorrten, überhitzten Maisfeld, wo die spröden Hüllblätter der Kolben aneinanderreiben und kleine Stücke von ihnen abbrechen und zwischen die Stängel segeln, wo er selbst liegt, schweißüberströmt.

Etwas streift seinen Arm.

Irgendwas Weiches, ein Tier ist vorbeigerannt. Er späht ins Dunkel, wartet aufs Blitzlicht. Für einen hellen Moment ragt, keinen Meter entfernt, etwas hervor. Beim nächsten Mal will er mehr erkennen, es ist glänzend, rundlich, eine Schnauze vielleicht, aber als es blitzt, klammert da nur ein dicker fetter Käfer.

Er lässt den Kopf wieder hängen und versteinert.

Ein erratischer Block, gefühllos, völlig gefühllos. Unempfindlich gegenüber dem Wetter, den Jahreszeiten, den Jahren, der Zeit. Die Asseln kommen schon, um unter ihm zu hausen. Seine Kappe wird als erstes verwittern, danach die Hose, die Socken, die Schuhe. Im Hochsommer wird er sich erhitzen und ausdampfen, Fliegen und Libellen werden sich auf ihm wärmen, ein Flüchtender wird über ihn stolpern, während unter ihm seine Aufzeichnungen ruhen, feucht, aber gut gepresst, ins Leder der Tasche gebunden.

Sie werden ineinandersickern und sich samt Einband auflösen.

Nur er als Stein wird bleiben.

In der Morgendämmerung schimmert der Frost auf seinen Handschuhen, hauchdünne Schichten, wirklich hauchdünn, sie schmelzen unterm Atem.

Sein Schatten liegt am Boden, blass und zerstreut, doch er sammelt sich, gerinnt Schritt für Schritt, bis ihn das Licht in die Länge zieht. Ein straff gespanntes Gummi, zum Abschuss bereit. Wense schwingt seine Tasche als Klinge.

Aber der Schatten lässt sich nicht losschneiden. Er zeigt ihm die Richtung, die er nicht wissen will. Alles um ihn deutet jetzt mit langen Schattenfingern. Die Sonne hat aus den aufrechten Dingen Verräter gemacht, und er kann nur versuchen, sie zu ignorieren. Seine Augen tränen wieder, verwässern die Landschaft.

Ihm ist es recht, er schwimmt dankbar im Trüben. Da sind korallenähnliche Gebilde, blaualgenblau bis koiweißrot, durchzogen von tiefseeschwarzen Furchen. An Gemälde zu denken verbietet er sich. Seine Flossen schmatzen, und irgendwo brandet der Wind, die Blätter, die Fischchen, strudeln im Schwarm. Laich im Geäst, oben Tintenschwaden, und rechts taucht der Turm eines versunkenen Ortes auf. Leider so klar, dass er selbst abtauchen muss, durch eisigen Nebel sinkt er und ist, als er rauskommt, geeicht.

Die Augen funktionieren wieder.

Richtig benutzen will er sie nicht. Das Geschichtsträchtigste, das er auszumachen wagt, ist der Hochsitz eines Jägers mit gebrochener Leiter. Die einzigen Bauwerke, die er gelten lässt, sind Blechkisten auf Anhängern mit niedlichen Fenstern, sie haben sogar Gardinen!

Kurz vertieft er sich in eine Schneise, wo die Bäume hingekämmt daliegen, und übt den Blick eines Forschers, der keine Fragen stellt. Danach eine Lichtung, auf der nur noch Stümpfe stehen, blank und frei, wie Hocker in einem leeren Saal.

Hier würde er ein Konzert geben.

Bald kommen Bäche, räkeln sich mit ihren Kurven im Tal, er schenkt ihnen keine Beachtung, kennt nichts, bestimmt nichts, ahnt nur. Im Westen den Ozean, Holland, Rhein, Ruhr, im Osten Weser und Elbe, dann gleich die Wüste, Asien, die Nomaden. Das Odfeld grenzt an die Sahara, und in der Sahara liegt der Frau-Holle-Teich als Fata Morgana. Kein Hengstberg, kein Lippberg, kein Kuhberg, kein Bocksbühl, er besteigt einen ungewissen Haufen, kleinbisschen Meißner, kleinbisschen Kilimandscharo. Gestein ohne Namen. Niemand kann nachweisen, dass er den Bornberg kennt, niemand weiß, dass er weiß, dass oben ein Franzosenlager ist und ein Flakgeschütz.

Schneeregen prickelt gegen seinen Gummimantel.

Namenlose Matten, unbestimmte Fluren, mehr oder weniger bewachsen. Er kann bis zum Palast von Tibet sehen und bis ins Sperrgebiet des Harzes, auf seine bewaffneten Höhen. Er sieht das Mainzer Rad im Eichsfeld, sieht die schwelende Kohle im Untergrund, Munition und Bücher in den Stollen, im Salz. Vor ihm bläht sich was auf, fällt gleich wieder zusammen, ein Ballon, denkt er, ein abgestürzter Wetterballon, aber es ist ein Fallschirm, der am Felsvorsprung hängt. An den Fäden keine Sonde, sondern eine Marionette, verheddert, mit skelettierten Händen. Unten fließt die Leine, und da kann er nicht anders, da muss er den Zusammenhang herstellen und läuft über die alte Grenze, ins Königreich Worbis, nach Leinefelde, wo Johann Carl Fuhlrott geboren wurde, Entdecker des Neandertalers, der Überaugenwulst, Torus supraorbitalis, dank ihr wölbte sich der Knochenfund in die Geschichte der Menschheit! Im Neandertal geschah es, der Leinefelder sah die Wulst, doch die Zeichen neben seinem Ort, die prähistorischen Sonnenkreise von Rheinhausen? Die hat er verpasst. Er war Freimaurer. Und was ist er selbst?

Ein im Landstrich verschwindender Punkt.

Dank

Denen, die Hans Jürgen von der Wenses Schriften öffentlich gemacht und selbst darüber geschrieben haben, vor allem Dieter Heim, Valeska Bertoncini, Reiner Niehoff und Michael Lissek. Der Universität Kassel, die den Nachlass verwaltet. Und allen, die keinen Wert darauf legen, genannt zu werden.

Gefördert durch

Niedersächsisches Ministerium für Wissenschaft und Kultur
Kunststiftung Baden-Württemberg
Jürgen Ponto-Stiftung
Herrenhaus Edenkoben
Förderkreis deutscher Schriftsteller in Baden-Württemberg
Hessischer Literaturrat

Christian Schulteisz,

geboren 1985 in Gelnhausen, lebt in Stuttgart. »Wense« ist sein erster Roman. Seine Erzählung »Hunger auf Schienen« war 2017 für den Literaturpreis Open Mike nominiert. Er veröffentlichte kurze Hörspiele bei verschiedenen Sendern und schrieb dramatische Texte, die u. a. für den Leipziger Hörspielsommer und beim Kölner Auftakt-Festival inszeniert wurden.

Konzeption | Gestaltung: Antje Haack | www.lichten.com
Satz | Herstellung: Büro für Gedrucktes, Beate Zimmermanns
Abbildungen: Einbandillustration von Antje Haack
Reproduktion: Frische Grafik, Hamburg
Druck | Bindung: CPI – Ebner & Spiegel, Ulm
Printed in Germany
ISBN 978-3-946334-67-5